세월이 가져다 준 선물

세월이 가져다 준 선물

김동분 수필집

문학시티

또 다른 시작을 위한 서막

젊었을 때에는 과거를 돌이켜 볼 시간이 없었다. 오직 미래만이 관심의 대상이었다. 이제는 지나온 과거를 돌아 보는 것이 일상이 되어 버렸고 글의 소재도 주로 지난날에 대한 추억으로 이루어져 있다. 대부분의 글들이 직접, 간접 경험에 바탕을 둔 내용들이다.

교직을 떠나온 후, 지금까지의 삶과는 다른 시도를 한 것이 수필 공부였다. 등단을 하고 조금씩 써왔던 글들을 모아 이 수필집을 내놓게 되었다.

재능도 재주도 없으면서 이 책을 내게 된 것은 축하받을 일이지만 속살을 내보이는 것처럼 부끄럽기도 하다. 철학적인 사유와 내면의 깊이가 부족한 졸작을 겁도 없이 용기 하나로 내어놓았으니.

생각해 보면 참 바쁘게 살았다. 34년의 직장 생활, 끝없이 이어지는 가사 노동, 그러다가 건강에 이상이 생겨 명예퇴직. 항상 전쟁터에 나가는 전사처럼 잔뜩 긴장하고 산 세월이었다.

직장이라는 무거운 짐이 사라지자 평화가 찾아왔다. 그리고 우연찮게 수필을 대하게 되고 새로운 인생을 시작하였다. 20여 년 전에 사진을 배우면서 글과 사진이 어우러진 책을 한 권 가져야겠다는 막연한 꿈을 꾼 적이 있었는데 사진집에 대한 꿈은 사라지고 수필집이 탄생하게 되었다. 이 수필집이 또 다른 내 인생의 시작을 알리는 계기가 되었으면 하는 소망이다.

이 책이 나오기까지 많은 도움을 주신 지도교수님과 함께 공부한 문우님들 그리고 물심양면으로 도움을 준 남편과 가족들에게 감사의 말을 전한다.

2018 어느 봄날에
김동분

차례

1부_ 애인별곡

2부_5월의 추억

차례

3부_ 세월이 가져다 준 선물

4부_ 나비야 청산 가자

차례

5부_ 철새는 날아가고

1부_애인별곡

이 정원에는 철이 없다.
여름에 겨울꽃이 피기도 하고 겨울에 여름꽃이 피기도 한다.

남편의 정원에는 진분홍 양란이 환하게 웃고 있다.

자연을 훔친 사람은 행복한 사람이라는 말이 진정 맞는 말이라고 생각한다.

음치로 살기

나는 노래를 못한다. 내가 타고난 음치인 것은 중학생이 되고 나서야 알았다. 선생님의 피아노 반주에 맞추어 슈베르트의 자장가를 부르는 가창 시험 시간, 반 친구들은 모두들 노래를 잘 불러 칭찬을 들었으나 나는 아무리 목청을 높여도 소리가 제대로 나오지 않았다. 음정 박자 모두가 제멋대로였다.

화가 나신 선생님으로부터 꾸중을 들으며 몇 번을 되풀이해 보아도 허사였다. 목이 부어 소리가 나오지 않을 정도였다. 집에 와서 피나는 연습을 하였지만 다음, 그다음 날에도 마찬가지였다. 음악 선생님은 딱해 보였던지 '목이 트일 날이 올 거다'라며 격려해 주셨다.

이후 고등학교까지 음악 성적은 최하위였다. 목이 트이기는 고사하고 노래 소리도 즐겁게 들리지 않았다. 다른 과목에 열을 올릴 수밖에 없었다. 다행스러운 것은 대학 예비고사에 음악시험이 없다는 것이었다.

대학에 입학하면서 음악과목이 없어 해방감을 느꼈다. 그러나 신입생 환영회에서 문제가 생겼다. 하늘 같은 과 선배들이 무조건 노래를 부르라는 것이었다. 피할 도리가 없었다. 용기를 냈다.

"제가 노래를 못하거든요. 국문과니까 시를 낭송하면 안 되겠습니까?"

'우우' 하는 야유가 장내를 진동하면서 분위기 깨지 말라고 학우들이 소리를 질러댔다. 사회를 보는 선배가 시인 지망생이었던가 보다.

"시 한 수! 좋지, 읊어 봐라!"

구세주를 만난 것 같았다. 김소월의 '진달래꽃'으로 그 자리를 무난히 넘길 수 있었다. 이날 시 낭송은 내게 뜻밖의 행운을 안겨 주었다. 사회를 보던 고마운 선배의 권유로 대학 신문사 기자가 되어 글쓰기와 인연을 맺게 된 것이다. 선배는 '달래'란 필명까지 지어 주었다.

학업을 마치고 소망하던 교사가 되었으나 음치 콤플렉스는 계속 따라다녔다. 시골의 작은 학교를 벗어나 도시의 학교로 옮겨와 쾌재를 부르던 어느 날 노래 때문에 사단이 벌어졌다. 직원 야유회를 다녀오는 버스 안에서였다. 선생님들 사이에 몇 순배 소주잔이 돌더니 버스 안이 노래방이 되고 말았다. 노래 돌림의 내 차례, 피하고 싶었다. 그렇다고 시를 낭송할 분위기는 아니었다. 할 수 없이 사회 보시는 선생님에게 죄송하다며 사정을 했으나 안 된다며 역정을 냈다. 노래 안 하려면 차에서 내리라는 거였다. 농담이 아니었다. 운전기사에게 버럭 소리를 지르자 차를 길가에 세우는 것이었다. 참을 수 없는 모욕이었다. 그 자리에 있을 수가 없었다. 홀쩍 내리고 말았다. 몇 발짝 옮겼을까. 요란한 클랙슨 소리에 고개를 들어 보니 버스가 후

진을 하고 있었다. 동료 여선생 두엇이 뛰어와 "장난치는 건데 참아요, 참아." 하며 어깨를 토닥여 주었다. 한참 후 버스에 오르자 선생님들이 격려의 박수 세례를 보냈다. 나도 겉으로는 죄송하다며 연신 고개를 주억거렸지만 한번 구겨진 나의 마음은 좀처럼 펴지지 않았다. 마음에 상처로 남았다. 흥에 겨워 노래를 부르는 것도 자유이고 부르지 않는 것도 자유 아닌가. 타고난 음치의 속사정을 몰라주는 그들이 야속하기만 했다. 이와 비슷한 충돌은 몇 차례 더 있었다.

남편과 만나 교제하던 시절, 나는 노래를 못하는 음치라고 솔직히 털어놓았다. 전혀 상관없는 일이라며 흔쾌히 받아 주었다. 부부 교사가 된 후 그이는 나의 이런 단점을 포근하게 감싸 주었다. 자신은 노래를 좋아하면서도 그 흔한 노래방도 외면했다. 모임에서 어쩔 수 없이 갈 때는 대신 부르거나 듀엣으로 불렀다. 이런 배려 때문일까. 나의 이상한 노래 결벽증은 조금씩 허물어져 갔다. 노래를 즐겨 듣는 취미가 생겨난 것이다. 이런 기미를 알아챈 남편이 자라는 2세들을 위해서라며 오디오 세트를 놓자고 제안했다. 나는 두말없이 화답했다. 노래를 못한다고 듣기조차 못하랴. 서서히 내 일상에 변화가 찾아왔다.

나이 탓일까. 지천명의 문턱에 이르자 내 생각이 좁았다는 자성이 일기 시작했다. 노래를 강권하는 사람을 원망할 일이 아니라 흥겨운 자리의 분위기를 지켜 주어야 할 일 같았다. 방법은 의외로 쉽게 찾아왔다.

티베트 여행길에서였다. 모집한 낯선 사람 20여 명이 일행이었다. 긴 시간 버스 여행이 무료하자 어떤 분이 자기소개와 함께 노래를 하자고 제안했다. 모두들 찬성이었다. 한국 사람들 노래 사랑은 머나먼 나라에 가서도 그칠 줄을 몰랐다. 좌석에 앉은 순서대로 노래를 불렀다. 내 차례가 되었다. 거침없이 마이크를 잡고 너스레를 떨었다.

"푸치니의 오페라 나비부인의 한 소절을 부르겠습니다."

좌중이 조용해졌다. 비장의 원맨쇼가 먹혀들었다.

'나비야~ 나비야~ 이리 날아오너라~.' 하는 동요를 손짓 발짓을 넣어 가며 랩으로 읊어댔다. '와아~!' 하는 함성과 함께 폭소가 터졌다. 미국인 해군장교 핑커톤을 사랑한 게이샤의 애절한 사랑을 노래한 '나비부인'이 희극이 되는 순간이었다. 노래도 아닌 노래로 노래보다 더한 흥겨움을 주었던 나는 여행 내내 나비부인으로 불리게 되었다. 기분 좋은 경험이었다. 그 후 동요로 오페라를 흉내 내는 나의 익살 솜씨는 음치의 비애를 살짝 덮어 주었다.

가족이란 모자라고 부족한 점을 서로 보충해 주는 보완적 관계 같다. 남편은 노래를 잘하지만 미적 감각은 둔한 편이어서 옷을 고를 때는 양말까지도 나의 손을 필요로 한다. 또 기계는 잘 만지지만 길눈은 어둡다. 음치, 길치, 기계치가 서로 만나 모자람을 채워 주며 사는 것이 부부가 아닐까 싶다.

내가 한발 먼저 교직을 떠나온 후 어느 날, 남편은 지나가는 말처럼 한마디 던졌다.

"글솜씨 썩힐 셈이야?"

"무슨 솜씨?" 하며 그냥 넘겼으나 잠자리에 들어서도 좀처럼 잠이 오지 않았다. 무언가 세상에 나온 기척을 해야 할 때가 온 것 같았다.

다음 날, 가르치던 자리에서 내려와서 기꺼이 배우는 사람의 자리에 앉았다. 책을 가까이하며 삶의 족적을 재발견해 나가다 보니 나를 괴롭혔던 '음치'도 녹아들었다. '어리석을 치痴' 자의 깊은 속이 보였다. 자신을 낮추라는 겸허, 겸손의 뜻이 담겨 있지 않은가. 음치, 내게 축복으로 내린 말 같다.

남편의 정원

정원이라야 우리 집 아파트 베란다가 전부이다. 이름을 붙인다면 미니정원, 소인국정원이라고 하면 맞을 것 같다.

남편은 수십 년째 이 정원을 가꾸고 있다. 계절에 따라 꽃과 꽃나무들을 사들인다. 이 정원에는 소나무도 있고 단풍나무도 있고 그리고 향나무와 싸리나무도 있다. 분재와 어린 나무도 있다. 그리고 춘란, 풍란 등의 난이 고고한 자태를 보여 주고 항상 푸르름을 간직하고 있어 정원은 시드는 법이 없다. 가을이 깊어지고 밖에 있는 정원들이 죽어갈 때도 이 정원은 푸른 잎으로 빨간 꽃, 노란 꽃으로 아름답게 치장을 한다.

남편은 자연의 향기가 풍기는 정원을 가꾸고 싶어 했다. 그래서 아파트로 이사하려고 할 때 매우 망설였다. 마당도 없고 꽃 한 송이 가꿀 수 없는 삭막한 그곳에서 어떻게 살 수 있느냐며 많은 고민을 했다.

생활의 편리성 때문에 어쩔 수 없이 아파트로 오게 되자 남편은 베란다에 흙을 퍼 나르고 돌을 구하여 화단을 만들었다. 그러고는 꽃나무와 꽃을 사다 정원을 꾸미기 시작했다. 나는 좁은 아파트 베란다를 꽃과 나무로 채우는 것에 불편함을 호소할 수밖에 없었다. 베란다 양쪽 수납공간을 이용할 때도 빨래를 널 때도 불편하기만 하였다. 그러나 남편은 나의 말에는 아랑곳하지 않고 하루가 멀다 하고 꽃과 화분을 사 날랐다. 꽃을 사랑하고 가꾸는 남편이 아름다워 보여 이 정도의 불편함은 참아야지 하며 남편의 뜻에 지지를 보내게 되었다.

봄에는 노란 베고니아, 팬지, 데이지, 제비꽃, 제라늄, 연분홍 패랭이꽃, 여름엔 빨간 미니 장미가 피고, 가을엔 국화, 여우꼬리, 겨울엔 하와이 무궁화가 사시사철 꽃을 피운다. 겨울에도 항상 영상 10도 이상을 유지하고 있어 온실 속의 정원이다. 정원에는 난을 붙인 괴목과 수석도 한곳에 자리 잡고 있다. 괴목에는 여러 촉의 춘란과 하얀 꽃을 피우는 풍란이 자라고 있다. 고결한 품성을 지닌 여인처럼 기품이 있는 난은 시시때때로 꽃을 피우고 있다. 수석에도 난을 붙여 멋들어진 모습을 연출하고 있다. 태국에서 사 온 청동 호랑이도 있고, 남편이 믿는 종교의 상징물인 불상과 불탑도 정원의 한구석을 차지하고 있다.

이 정원에는 철이 없다. 여름에 겨울꽃이 피기도 하고 겨울에 여름꽃이 피기도 한다. 난은 수시로 꽃을 피워 남편을 행복하게 해 준다. 화분에 심을 수 있는 꽃과 꽃나무면 모두 다 정원으로 들어온다. 물이 흐르는 미니 물레방아도 서서히 돌고 있다. 이 정원은 나와 남편에게 남모를 희열을 안겨 주는 안락한 장소이기도 하다. 꽃을 가꾸는 것은 삶에 지친 사람들의 영혼을 위로하는 청량제와도 같다.

정원을 바라보고 있노라면 꽃들이 말을 걸어온다. '나를 잊지 마세요.' '행복하세요.' 그들 각자가 지닌 꽃말과 전설들이 이야기보따리를 잔뜩 풀어놓는다. 아침에 입을 오므린 아기 같던 꽃봉오리가 오후가 되자 활짝 피어 나 보란 듯이 웃고 있다. 꽃들의 향연이 이어진다. 곱게 단장을 한 신부처럼 수줍은 얼굴을 한 꽃들은 아무리 쳐다보아도 지치지 않는다. 이렇게 작고 여리디여린 야생화들이 이처럼 가슴 뛰게 할 줄이야.

네덜란드를 여행할 때의 기억이 생생하다. 집집마다 아파트마다 창문을 아름다운 꽃으로 장식해 놓은 것을 보고 감탄을 했다. 그때의 감동은 지금까지도 가시지 않고 있다. 꽃을 가꾸는 그들의 정성스러움이 보는 이로 하여금 풍요로움과 여유로움을 느끼게 하여 가슴이 뭉클하였다.

정원을 꾸미고, 물과 거름을 주며, 생명이 커가는 모습을 보는 것도 생활의 기쁨이요 삶의 즐거움이 아니겠는가. 찬바람이 불고 눈보라가 쳐도 남편의 정원은 따뜻하다. 자연을 즐기며 꽃을 사랑하고 가꾸며 산다면 아무리 험한 세상이라도 행복한 삶이 되리라 믿는다. 정원은 어지러운 세상에서 영혼의 평화를 지키는 장소라는 말이 맞는 것 같다.

남편의 정원을 바라보면 편안하다. 그 정원이 꽃을 가꾸는 남편의 마음을 그대로 나타내 주고 있어 흐뭇하다. 꽃을 사 올 때마다 남편은 나를 위해 사 왔노라고 듣기 좋은 거짓말을 잘도 한다. 나는 그런 소리를 들을 때마다 즐거워진다. 늦은 밤 술잔을 기울이며 정원을 바라보고 웃음 짓는 그를 보면 나도 행복하다. 행복 바이러스는 전염성이 강한가 보다. 오늘 아침도 남편은 어김없이 정원에 물을 주고 행복해하고 있다. 나도 덩달아 콧노래를 부르며 흥겨워한다. 아름다운 정원을 가꾸듯 평화로운 가정을 가꾸기 위해 노력하는 남편이 눈물겹도록 아름다워 보일 때가 있다.

'행복은 내가 창조하는 것이다.'라고 누군가가 말했다. 어떤 삶을 선택할 것인가 하는 문제는 개인 자신에게 달려 있다. 억만금을 가지고도 불행한 사람이 있는가 하면 꽃 한 송이로 행복해하는 사람도 있다. 세상에서 가장 행복한 사람은 아마도 자연을 즐기고 꽃을 가꾸며 사는 사람들일 것이라는 확신이 든다.

작고 소박한 정원이 놀랍게도 남편과 나에게 색다른 생각과 여운을 선사하고 있다. 지금 남편의 정원에는 진분홍 양란이 환하게 웃고 있다. 자연을 훔친 사람은 행복한 사람이라는 말이 진정 맞는 말이라고 생각한다.

호기심 천국

아이들은 호기심으로 똘똘 뭉친 존재인가 보다. 어느 별에서 왔는지 모를 아이는 세상 모든 것을 호기심을 가지고 보니 호기심 천국에서 산다고 볼 수밖에 없다. 지구별에 처음 온 어린 왕자의 시선이라고 할까. 이 세상에 와서 처음 보는 것들은 아이에게 얼마나 신기하고 신선하게 보였을까.

문제는 그 호기심이 사고로 이어지는 경우다. 아이는 자기 발로 걸어 다니면서 부터 사고를 냈다. 우선 집에 있는 모든 물건은 손으로 만지고 확인해야만 끝이 났다.

한번은 전자제품을 끼우는 콘센트에 볼펜을 꽂았다가 불이 일어나는 바람에 머리와 눈썹을 태운 적도 있었다. 또, 한번은 고모가 타고 다니는 자전거가 신기해서 가지고 놀다가 체인에 손가락이 끼여서 난리법석을 피우고 병원 신세까지 진 적도 있었다. 어느 날 아이가 감쪽같이 사라졌다. 경찰에 실종신고까지 해서 다른 동네에서 놀고 있는 아이를 찾기도 했다.

아이는 집에 붙어 있지를 않았다. 할머니가 잠시만 눈을 돌리면 쏜살같이 집을 나가서 이곳저곳을 쏘다녔다. 아이의 눈에 보이는 모든 것은 신비로움이고 경이로움이었다. 눈에 못 보던 것을 보면 어김없이 달려가서 검색을 한다. 우리 집에서 멀지 않은 곳에 문방구가 있었다. 학용품도 팔고 책도 팔고 그리고 색깔이 고운 사탕들도 팔고 있었다.

아이는 자주 그곳에 가서 10원 아니면 100원짜리 동전을 주인에게 주고는 원하는 것을 집어 왔다. 돈의 가치는 전혀 모르면서 '돈을 주었으니 물건을 가져오면 된다.'는 나름대로의 매매 개념을 가지고 있었다.

물건 값은 나와 주인이 다시 계산을 하였다. 가게 주인이 어이없어 하는 것은, 학생들이 물건을 사면서 흩뜨려 놓은 책과 공책들을 가지런히 꽂아 놓고는 말없이 가게 문을 나간다는 것이었다. '세 살짜리 아이의 모습이 아니라'며 어이없어했다.

우리 동네는 작은 골목을 사이에 두고 여섯 집이 모여 살고 있었다. 어느 집이건 대문이 열려 있으면 무조건 들어간다. 태연하게 마당을 둘러보고 현관문이 열려 있으면 들어가서 말없이 이것저것 참견하고 과자나 과일을 주면 먹고 슬그머니 나온다.

한번은 길 건너 감나무집 담장 밑에서 개미굴을 발견했다. 개미를 잡으려고 하다가 개미군단의 습격을 받고 여기저기 물려 가지고 놀라서 돌아온 아이는 '나쁜 놈, 나쁜 놈.' 하면서 개미하고 놀아 주려고 했는데 자기를 '아야야' 했다며 몹시도 억울해했다.

아이를 키우면서 가슴 철렁하고 간이 콩알만 해진 적이 어디 한두 번인가. 사고를 낼 때마다 나는 아이 곁에 없었다. 할머니는 당신이 아이를 잘못 보아 생긴 일이라며 그때마다 자책을 하시며 나에게 직장을 그만두고 아이나 키우라고 애원을 하시곤 했다.

어느 날은 아이가 할아버지 돋보기를 끼고 소파에 앉아 신문을 거꾸로 들고 중얼거리고 있었다. 말을 배우기 시작한 때라 무슨 말인지도 모를 말을 중얼거렸다. 러시아 말 같기도 하고 아랍 말 같기도 했다. 가족들은 그 모습을 보고 폭소를 터뜨렸다. 고모는 방언이 터진 것 아니냐며 놀려대었다.

어느 날 초저녁에 술에 취해 돌아온 남편은 아이에게 "안녕, 까꿍." 하면서 애정 표현이라도 하는지 아이를 간질이고 볼을 꼬집고 던지고 받고 괴롭혔다. 아이는 놀라서 기겁을 하고 달아났다.

나는 아이를 데리고 집을 나와 마땅히 갈 곳도 없고 해서 동네 구멍가게에서 아이스크림을 사 먹고 집 뒤에 있는 유치원 놀이터로 가서 그네도 타고 뺑뺑이도 타면서 놀다가 남편이 잠들었을 즈음에 집으로 돌아왔다. 돌아오는 길에 아이가 물었다.

"엄마! 아빠 또 언제 안녕, 까꿍 해?"

"왜?"

"그러면 엄마하고 아이스크림 사 먹고 놀이터에서 같이 놀 수 있잖아."

순간 가슴이 콱 막히고 울컥해졌다. 아니 현기증이 날 정도로 충격을 받았다. 그리고 보니 아이와 같이 놀아 준 적이 없었다. 새벽같이 출근하면 저녁 늦게 돌아와서 저녁 챙기고 청소하고 그러다 보면 잠자기 바쁘고 아이를 챙겨 줄 여력이 없었다.

남들은 여유롭게 직장 생활과 육아를 잘도 하는데 나는 왜 그러고 살았는지 모르겠다. 융통성 없이 답답한 나의 성격 때문에 그런 삶을 살고 아이에게 관심을 기울이지 못했다. 아이의 이 말은 나의 가슴을 매우 아프게 만들었다.

아이는 언제나 혼자였다. 그래서 무엇인가를 찾아 헤매고 돌아다녔다. 방랑자의 모습이었다. 말없이 멍하니 앉아 있는 모습은 철학자의 모습을 연상하게도 했다.

어렸을 때 일어난 사건들로 가슴을 조이게도 하고 웃음을 주기도 했던 아이의 기행은 유치원에 입학하면서 시나브로 사라졌다. 그냥 자신에게 맡겨진 일을 할 뿐 더 이상 호기심 때문에 사고를 치는 일은 일어나지 않았다. 호기심 천국에서 살던 아이는 나이가 들어 가면서 현실과 타협을 하고 절대 모험 같은 것을 하지 않았다.

새롭거나 신기한 것에 끌리는 호기심이 있었기에 인류의 발전이 이루어진 것이 아닌가. 모르는 곳에 대한 호기심, 낯선 세계에 대한 동경, 이것 때문에 지구 곳곳 아니 우주 밖까지 여행을 하고 있는 것이 아니겠는가. 낯선 곳은 신비하기도 하지만 호기심을 가지게 한다.

심리학과 교수 '토드 카시단'은 '행복은 호기심을 타고 온다.'고 했는데 아이의 호기심은 다 어디로 갔는지 애석하기만 하다. 일상의 작고 사소한 것에도 관심을 기울이는 호기심이 충만한 탐구자가 진정한 행복을 찾을 수 있다고 한다. 천재는 사소한 것에도 호기심을 가진 창조적인 인간이라는 공통점이 있다.

호기심이 사라지는 순간 노년이 찾아온다고 누군가가 말했다. 우리는 행복해지기 위해 어린아이 같은 호기심을 가질 필요가 있지 않을까.

어머니의 기도

나는 지금껏 외할아버지, 외할머니, 외삼촌, 이모 등 '외'자가 들어간 말을 해 본 적이 없다. 어머니에겐 친정이 없고 나는 외가가 없다.

철없던 시절 방학이 되면 외가에 간다는 아이들의 이야기에 샘이 났다. 언젠가 어머니에게 우리 집은 왜 외가가 없느냐고 항의를 한 적이 있었다. 그때마다 어머니는 울먹이시며 나를 껴안기만 하셨다. 어머니의 상처 따위엔 관심조차 없었으니 눈치가 꽤나 없는 철부지였던 것 같다.

세월이 흐르고 나이가 들자 어머니는 어느 날 지금까지 살아온 삶과 한을 서리서리 풀어놓으셨다. 어머니가 어떤 삶을 살아오셨는지를 알고 눈시울을 붉혔다. 어머니는 겹겹이 고단하고 불행한 삶을 살아오셨다. 그야말로 바람 부는 들판에 선 외로운 한 그루 나무와 같은 삶이었다.

어머니가 다섯 살이 되었을 때 외할머니가 세상을 떠나고 일곱 살에 외할아버지마저 돌아가시자 큰외할아버지 집에서 어린 시절을 보내게 되었다. 외할아버지가 남겨 놓고 가신 몇 마지기의 땅은 큰

외할아버지의 소유가 되었지만 조카를 살뜰히 돌보지 않았다. 넉넉한 살림살이가 아니었기에 군식구가 생긴 것을 달가워하지 않으셨던 것이다. 어머니는 큰외할아버지의 집에서 눈칫밥을 얻어먹으며 어린 나이에 노동에 시달리기 시작했다.

추운 겨울에도 살얼음판을 디뎌 가며 먼 데까지 가서 물을 길어 와야 했고 어린 사촌 동생들을 보살펴야 했기에 친구들과 놀아 본 적이 없었다. 겨우 일곱 살짜리 어린애가 세 살짜리 어린애를 업고 친구들이 노는 것을 멀리서 지켜보아야만 했다. 학교는 물론 다닌 적이 없으셨다. 어머니의 영혼은 상처투성이가 되었다. 그 어린 나이에 부모를 모두 잃고 그 두려움과 고통을 어떻게 견뎌내야 했을지 가늠할 수가 없다.

그렇게 고단한 어린 시절을 지나 열다섯 살에 가난한 시골 총각과 결혼을 한 후 또 맵디매운 시집살이를 하게 되었다. 시집올 때도 꽃가마는커녕 큰아버지 손에 이끌려 시집으로 몸만 들어왔다. 심산유곡 두메산골에서 새벽부터 늦은 밤까지 집안일에 농사일에 쉴 시간이 없었다. 딸 둘을 낳고 또 딸을 낳았을 때는 미역국은 고사하고 밥도 해 주지 않아 굶은 적도 있었다는 것이다.

시집살이 이야기를 하는 어머니에게 혹시 드라마 보고 지어낸 것 아니냐고 물은 적이 있다. 그때 어머니는 무섭게 화를 내시며 눈물을 삼키셨다. 내가 어렸을 때 어머니가 나를 안고 서럽게 우셨던 기억이 여러 번 있었다. 훗날 들은 이야기는, 어머니가 나와 함께 몇 번

죽으려 한 적이 있었다는 것이었다. 전설의 고향에나 나오는 비극적인 여인의 모습이다.

내가 초등학교를 졸업하자 할아버지는 어려운 살림이니 집안일 돕고 동생들 돌보다가 적당한 시기에 시집이나 가라는 엄명을 내리셨다. 그것이 맏딸의 소임이라고 다그치셨다. 구한말 일제 강점기를 사신 할아버지의 생각으로 어쩌면 당연한 처사였으리라. 이에 어머니는 반기를 드셨다. 그 옛날 자신이 당했던 서러움을 자식에게 물려주기 싫어서 거세게 반발했다. 호랑이 같은 시아버지 명령에 맞선 것이다. 다른 것은 아무 말도 없이 순종하셨는데 자식 교육에서만은 종교적인 수준처럼 강한 믿음을 가지고 계셨다.

한 시대를 너무도 불행하고 외롭게 살아온 어머니였지만 자식을 위해서라면 물불을 가리지 않던 용감한 분이셨다. 그 까마득한 시절 학교 교육이라고는 받아 본 적도 없었던 분이 자식 교육에 대한 열정만은 차고도 넘쳐 5남매 모두 고등 교육을 시킨 걸 보면 대단한 분이었다는 생각이 든다. 어머니는 자식 교육 때문에 가족들과 갈등도 많이 겪으셨다. 나를 대학에 보낸다고 했을 때 아버지를 비롯해 모든 가족들이 반대했지만 어머니만은 굶는 한이 있더라도 자식 교육을 시켜야 한다면서 꿋꿋이 버티셨다. 논 몇 마지기 밭 몇 뙈기로 겨우 입에 풀칠할 정도인 시골에서 어머니는 누에를 치고 채소와 콩나물을 길러서 10여 리가 넘는 시장에 내다 파시며 자식들의 학비를 마련하셨다.

어머니는 매일 새벽 하얀 사발에 정화수 떠 놓으시고 두 손을 모아 천지신명께 자식들 잘되라고 빌고 또 빌었다. 그 사랑의 씨앗이 자식들 모두 무탈하게 키우신 것이라고 생각하니 어머니가 고맙고 감사할 따름이다.

세상 모든 여자들의 삶이 녹록하지 않음을 알고 있다. 『여자의 일생』에 나오는 주인공 잔느처럼 잔혹한 운명에 시달리는 존재가 아니던가! 『세상의 모든 딸들』 역시 여자로 산다는 것이 얼마나 고통스러운 일인가를 극명하게 보여 준다.

가난했던 시절 암울하고 버겁게만 느껴지는 힘겨운 삶을 살아내야 했던 어머니의 기도는 자식들 걱정에 늘 눈물 어린 긴 기도였다. 나도 아이의 엄마가 되면서 어머니의 기도와 어머니가 흘린 그 많은 눈물이 나의 영혼을 살찌게 하고 성장시켰다는 것을 알게 되었다. 오늘의 나를 있게 해 주신 어머니에게 감사할 따름이다.

누군가가 말하기를 '신이 모든 곳에 있을 수 없기에 어머니를 만들었다.'라고 했다. 진실로 나에게 어머니는 신과 같은 존재이다. 어머니를 대할 때마다 '미켈란젤로'의 '피에타상'이 떠오른다. 성모마리아가 예수의 시신을 안고 슬픔에 젖어 비통해하는 모습에서 사무치는 슬픔과 함께 경건함이 느껴진다. 그 슬픔이 왜 이리도 아름답고 긴 여운을 남기는지.

애인 별곡

나는 사진 찍기와 민화 그리기 그리고 수필 쓰기를 좋아한다. 이들은 모두 나를 정신 못 차리도록 유혹하기에 '애인'이라 부르고 싶다.

첫 번째 사진 찍기는 이미 잊혀진 애인이다. 이 애인은 매우 강렬한 모습으로 다가와 나를 정신 나간 사람처럼 만들었다. 새벽부터 다음 날 새벽까지 무려 하루에 20시간 이상을 매달리게 만들었다. 바람이 있으니 오라고, 풍차 마을과 바람의 언덕이 부르고, 갈대밭이 오라고 손짓을 하고, 노을 진 안면도가 유혹하고, 별빛이 곱다고 어느 산중의 외딴 마을이 나를 불러내었다.

이 애인은 삶의 무게가 너무 무거워 방황하던 순간에 찾아온 첫사랑과도 같은 것이다. 지친 삶에서 허덕이던 차에 내 가슴을 불꽃처럼 태웠다. 내 언제 이렇게 정열적으로 다른 것을 사랑한 적이 있었던가 싶을 정도로 이곳저곳에서 카메라의 셔터를 눌러대며 황홀해하였다. 그러나 그 마음은 그리 오래가지 못했다. 20여 년이 지나자 식어버리고 말았다. 그렇다고 완전히 잊혀진 것은 아니다. 가끔 찾아와서 나를 꼬드긴다. 마음은 있는데 몸이 따라 주지 않아 망설인다.

열정으로 가득 찬 연인 같은 이 애인은 피사체를 쫓아 아주 먼 곳으로 나를 데려간다. 시도 때도 없이.

두 번째 민화는 잊혀져 가는 애인이다. 첫 번째 애인이 너무 벅차서 선택한 것이다. 놓았다고 생각한 순간 다시 생각이 나서 손에 붓을 들게 한다. 우연찮게 다가온 애인이다. 어느 가족의 작품 전시회에 가서 보고 홀딱 반해 점점 빠져들게 되었다. 늪에 빠져들듯이. 이 애인은 참으로 매력이 있다. 퇴근을 하고 녹초가 된 몸을 이끌고 민화 공방을 찾아 밤이 오는지 가는지 모르게 매달리게 했다. 서울로, 대구로, 영월로 전시회를 찾아 돌아다니며 즐거웠다. 이 애인은 고운 색채와 선으로 나를 유혹한다. 현란한 색이 내 마음을 흔들며 어디든지 존재하여 나를 놀라게 한다. 드라마 사극에는 빠지지 않고 등장한다. 그리고 역사 속으로 나를 불러내기도 한다. 도자기에도 가구에도 옷에도 병풍에도 얼굴을 내민다. 내가 무슨 말을 해도 다 들어줄 수 있을 것같이 살갑고 친구처럼 편안하다. 정신 못 차리게 빠져들었던 그 애인도 영원한 것은 없듯이 세월이 흐르면서 나에게서 시나브로 멀어져 가고 있다.

마지막 애인은 수필 쓰기다. 떠날 수 없는 운명과도 같은 것으로 나와 함께 영원히 가야 할 것만 같다. 제대로 된 수필 한 편만 쓰고 떠난다면 그것으로 그에게 예의를 다하는 것이 아닐까 생각한다. 이 애인은 나를 글 속에 가두어 두려고 해서 버겁기도 하지만 그렇다고 미워할 수도 없다. 외롭고 고달픈 짝사랑이 될지도 모르지만 끝까지

가야겠다. 수필을 가까이하면서 지난날을 뒤돌아보게 된다. 어려웠던 시간도 행복한 기억으로, 쓰라렸던 아픔도 아련한 추억으로 떠오른다.

이 애인은 뜨겁지 않으면서 나를 뜨겁게 하고 차갑지 않으면서 차갑게 만든다. 가슴이 뜨거워 쓰다 보면 서늘한 시선으로 다가와 '그렇게 하면 안 되지.' 하며 나를 가르친다. 냉철하지만 따뜻해야 한다고 속삭인다.

어느 수필가는 수필을 학이요 난이라 하였는데, 나는 물이라고 생각한다. 물의 그 담백함과 맑고 깨끗함이 수필과 너무나 닮아 있다. 물의 속성과 수필의 속성이 어찌 그리도 유사한지. 물은 형태를 만들지 않고 구속이 없다. 수필 역시 형태가 자유롭고 구속하지 않는다. 물을 어떤 그릇에 담느냐에 따라 형태가 다르듯이 수필의 소재 역시 문학의 어떤 장르에 담느냐에 따라 모양이 달라진다. 소설의 모양이든 시의 모양이든 일기의 모양이든 모든 형태를 다 지니고 있다. 시도 품고 소설도 품고 모든 장르의 문학을 품는, 포용력이 아주 강한 글이다. 미움도 덮어 주고 허물도 덮어 주는 글이 수필이다.

수필은 거짓말을 하지 않으며 억지로 꾸미거나 잘난 체하거나 있는 척하지 않는다. 자신의 이야기를 솔직하고 담백하게 그려 내며 성공담보다는 실패담을 화려하지 않고 소박하게 그려 낸다. 시각을 유혹하는 색도 없고 정신을 황홀하게 하는 향기도 없다. 무색무취의 색과 향, 그야말로 순수 자체 그대로가 아닌가. 좋은 수필은 영혼을 맑고 고아하게 정화시킨다. 수필은 작가의 사색과 성찰을 통한 내면의 깊이를 그대로 들여다보이는 장르로서 세상의 혼탁한 부분을 깨끗하게 하는 힘을 가지고 있다. 물 또한 흘러흘러가면서 오염된 세상의 모든 것들을 깨끗하게 정화시키지 않는가. 또한 수필은 물처럼 부드럽다. 물보다 더 부드러운 것은 없다고 본다. 그리고 그 무엇과도 싸우지 않는다. 덕이 있는 사람의 겸손함과도 같이 낮은 곳으로 낮은 곳으로 흐른다. 수필도 이와 같지 않은가.

좋은 수필을 읽고 난 후에는 은은한 향기가 풍긴다. 그 어떤 문학보다도 멋과 품위가 있는 글이다. 이 골짜기 저 골짜기를 거쳐 온 물에는 이야기가 있듯이 수필도 이야기가 있다. 기쁘고 슬프고 안타깝고 그리운 이야기들이. 이 애인은 가슴이 따뜻한 선생님 같은 존재로 가까이에서 나를 가르친다. 물처럼 살라고.

이 모든 것들이 수필을 사랑하지 않을 수 없게 한다. 수필가는 수필 같은 삶을 살아야 한다고 누군가가 말했다. 수필 같은 삶, 물 같은 삶을 산다면 그 인생은 품격 있는 삶이 아닐까. 언제까지고 이 애인을 사랑해야 할 것만 같다.

삶의 여정

'세월이 유수와 같다'는 말이 지금처럼 실감나던 때가 있었던가.

철없던 유년 시절을 지나 사춘기에 접어들면서 폭풍 같은 세월을 지나왔다.

나의 소녀 시대는 기대와 희망과 갈등과 방황의 연속이었다. 문학 작품 속에 빠져 허둥대기도 했다.

햄릿의 사랑을 받지 못하고 미쳐서 죽어버린 오필리어가 되기도 하고, 못다 한 슬픈 사랑의 주인공 줄리엣이, 네퓨르도프의 사랑 속에 시베리아로 유형을 떠나는 카츄사가 내 관심의 대상이기도 했다. 그 비련의 주인공들에게 마음이 가고 그들의 고통에 더 가슴 아파하며 가슴앓이를 했다. 물론 그레첸이나 베아트리체 같은 존재가 되기를 염원해 보기도 했다.

이른바 '유신의 시대'를 거치며 격랑의 역사에 부딪치며 온몸으로 역사에 도전하기도 했다. 매캐한 최루탄 가스에 눈물 콧물 흘리고, 휴강이 밥 먹듯이 이어지고, 주위에 있는 지인들이 검거되는 그 회오리 같은 세월 속에 갈 길을 몰라 방황하기도 했다. 트라우마에 가까운 모멸감 속에 그 시절을 통과했던 이들은 그걸 다시 생각하는 것만으로도 버거울 정도였다. 그런 와중에도 취업을 하고 이기적인 내 삶의 안정을 찾아갔다.

30대에 들어서며 결혼과 출산을 하고, 생의 또 다른 여정을 거치며 지천명의 나이를 먹었다. 정말 인간이 어떻게 사는 것이 하늘의 뜻인지를 조금이나마 알 것 같았다. 오만과 편견 속에 살면서 나를 들볶은 삶을 청산하려고 혼신의 노력을 기울여야 했다.

사춘기 때 노인들을 보며 저들은 무슨 재미로 세상을 살까 하는 생각을 하기도 했다. 지치고 피곤한 모습, 깊게 팬 주름살, 그런 것들이 고통스런 세월을 그대로 말해 주는 것 같았다. 나는 저렇게 되기 전에 죽는 것이 낫다는 생각을 했다. 그런데 눈 깜짝할 순간에 내가 그 얼굴이 되었다. 어둠이 찾아들듯 슬그머니 다가온 노년이 당황스럽기도 하다. 펄펄 넘치는 기운을 주체하지 못했던 젊은 시절이 내게 있었던가 아스라하기만 하다.

젊어서는 어른이 되면 찬란한 삶이 나를 기다려 줄 줄 알았다. 그리고 어른으로서 존경받는 인물이 될 줄 알았다. 새로운 삶에 대한 기대와 호기심으로 살았다. 점점 진화하는 삶을 살게 될 걸로 착각을 한 것이다.

이제 이순을 지나 고희를 바라보면서 정말 와서는 안 될 것 같은 삶이 이어지고 있다. 젊어서도 병약한 몸이었지만 지금처럼 심각하진 않았다. 아니 정신력으로 버티면 모든 게 해결이 되었다. 지금은 정신력으로 버틸 한계를 한참 벗어나 있다.

시력이 떨어져서 병원에 가면 의사의 잔인한 말 '노안입니다.'

청력이 떨어져서 병원에 가면 의사의 잔인한 말 '노화현상입니다.'

모든 것이 이런 식이다. 돌이킬 수 없는 것들이다.

나이가 든다는 것은 상실의 연속이라고 한다. 직업을 잃고, 건강을 잃고, 경제력을 잃고, 사랑하는 사람들을 잃고, 그리고 자존심까지 잃어야 하는 서글픈 과정이라고 생각하니 마음이 스산해진다.

세상에 살고 있는 누구나 반드시 걸어가야 할 여정, 그 길을 쉼 없이 가고 있다. 살아 있는 모든 사람은 누구나 묵묵히 가야 할 길. 전에 간 사람처럼 가는 것이다. 그 시간까지 짊어지고 가야 할 것들이 있다. 외로움과 육체의 고통이 아니겠는가. 행복한 마음으로 받아들여야 할 것들이건만 거부하고 싶다.

그렇다고 젊은 시절로 되돌아가고 싶은 생각은 추호도 없다. 그때의 그 방황과 고통 등을 다시 겪고 싶진 않다. 오히려 현재의 나에게 불만이 없다. 힘든 세월을 지나면서 단단해지고, 세상에 대한 깊은 이해와 웬만한 일들은 포용할 수 있는 여유로움으로 편안해진 내가 좋다. 세월이 가져다 준 선물이랄까.

'이제는 가야할 때'라는 이병기의 「낙화」의 시구가 떠오른다. 나는 행복한 이 땅의 여행자였으며 정말 잘 살았다. 이제는 내가 왔던 곳으로 되돌아가야 할 때가 가까워지고 있는 것이다.

인간에게 죽음이 없다면 어떨까. 그것은 재앙이라 생각된다. 죽음이야말로 삶의 완성된 모습이 아닐까. 인생은 어디서 와서 어디로 가는지 참 알 수 없는 수수께끼다. 낮이 지나면 밤이 오듯이 자연스러운 자연의 섭리가 아닌가. 우리의 삶이 죽음을 향한 순례자의 길이듯이 죽음 또한 신비로운 삶의 한 부분이 아닌가. 꽃처럼 지고 싶다.

'삶은 한 조각 구름이 생겨나는 것이고, 죽음은 한 조각 구름이 스러지는 것'이라고 했다. 또는 아침에 풀잎에 맺힌 이슬에 비유되기도 하며, 삶과 죽음이 찰나에 불과하다고들 말한다. 참으로 맞는 말이다. 어차피 이승을 떠나야 할 운명이라면 주어진 시간들 값있게 살아야겠다고 다짐해 본다. 돌이켜 보니 삶은 흐르는 물 같다는 말이 맞는 것 같다. 인생은 그냥 흘러만 갈 뿐이다.

'십장생도'를 그리며

열폭 병풍 '십장생도'를 완성했다. 우여곡절을 겪으며 오랜 시간 심혈을 기울인 작품이기에 애정이 많이 간다. 그림을 그리는 동안 삶에 대한 여유와 행복을 느끼고 또한 생의 허무함을 동시에 느끼며 민화의 매력에 흠뻑 빠졌다. 그림 속에는 인간의 원초적인 감정에 빠져들게 하는 짜릿함이 들어 있다.

인간에게 가장 본능적인 욕망은 무엇인가. 그것은 무병장수가 아닐까. 그런 의도에서 우리 조상들은 '십장생도'를 그렸다. 그림은 신선이 산다는 세계를 신비롭고 환상적으로 묘사하고 있다. 이들 장생물은 우리 민족의 자연 숭배 사상과 무속신앙에 기반을 두고 중국의 신선사상을 받아들여 이루어졌다고 한다.

여러 마리의 학이 날고, 사슴들이 한가로이 노닐고 있는 곳에 오색구름이 찬란하다. 그 구름을 뚫고 맑은 물이 깊은 계곡을 적시며 흘러내린다.

해, 산, 물, 돌, 구름과 오래 산다는 거북, 학, 사슴, 소나무, 대나무가 화려하게 펼쳐져 있다. 진시황이 애타게 찾았던 불로초로 상징되는 영지와 신선이 먹는다는 소담스런 천도복숭아도 있다. 그림 속이지만 물소리가 들리고 복숭아의 향내가 나는 것 같다.

그림의 우측에는 바위 사이에서 맑은 물이 흘러내리고 복숭아나무와 바위 사이사이에는 영지와 대나무가 자라고 있다. 하늘에는 청학과 황학이 쌍을 이루며 날고, 바다에는 거북이들이 물장난을 하고 있다. 그림의 상반부는 채색 구름으로 덮여서 오묘하고 신비한 분위기를 자아낸다.

이 그림은 단순히 십장생만 그린 것이 아니라 많은 이야기를 담고 있다. 오른쪽 높은 산 아래 있는 동굴에서 사슴들이 나와 영지가 피어 있는 길을 따라 거북이들이 떠다니는 바다를 향해 가고 있다. 동굴은 현실 세계와 이상 세계를 나누는 곳이며 서로를 연결하는 관문의 역할을 하고 있다. 동굴의 이편이 인간 세상이라면 동굴의 저편은 이상향이다. 사슴들이 이 동굴을 통해 십장생이 있는 유토피아로 들어온 모습이 이 그림의 시작을 의미한다. 동굴을 통과한 사슴들은 왼쪽을 향해 줄을 지어 가고 두 마리만 행렬에서 일탈하여 동굴 옆 계곡에서 평화롭게 물을 마시고 있다. 사슴들은 구름 허리를 뚫고 우뚝 솟은 산과 소나무 사이의 길을 따라간다. 선두에 선 사슴들은 거북이들이 떠다니는 바다 앞에 멈추어 선다. 그 위로 펼쳐진 계곡에는 대나무, 학, 구름, 돌이 그려져 있고, 하늘에는 붉은 해가 모든 자연물을 영롱하게 비추고 있다. 펼쳐진 선경은 그야말로 도낏자루 썩는 줄 모를 달콤한 꿈의 세계, 무릉도원이다. 낙원에 대한 인류의 이상향이 이 그림 속에 생명처럼 살아 숨 쉬고 있다.

'십장생도'는 사후세계가 아닌 현세에서 복을 받고 오래 살기를 바라는 우리 민족의 인생관과 생활의식을 잘 표현해 주고 있다. 소재가 보여 주듯이 우리 민족은 우주와 자연의 조화 속에서 행복하게 오래 살기를 기원했다.

'십장생도'를 포함한 민화는 자유분방하다. 곱고 아름다운 채색과 규범에 얽매이지 않는 자유로움이 작품 속에 멋과 해학으로 스며들어 친근감을 주고 있다.

민화의 자유로움은 어디서 오는 것일까. 그것은 신분의 자유로움이 아닐까. 무명의 서민 화가라는 낮은 신분은, 도덕적인 굴레를 벗어던지고 자유롭게 상상력을 펼치며 창작 활동을 할 수 있게 해 주었으리라. 유교가 지배하는 깜깜 어둠 조선시대, 체면과 권위를 중시하던 그 시대에 과감하고 파격적인 그림을 그렸던 무명 화가들의 용기가 새삼 놀랍다. 어떤 학자는 민화를 '민중의, 민중에 의한, 민중을 위한 그림이며, 가장 민주주의적인 그림이다.'라고 정의하고 있다. 그 말에 깊이 공감한다.

민화를 만나면서 새로운 세상을 만난 것 같았다. 특히 그림의 고운 색이 보는 사람의 눈을 황홀하게 하고, 온갖 잡다한 생각 모두 접어 두고 무아지경에 빠져들게 하는 마력이 있다. 민화는 정열적인 그림인 동시에 유머러스하고, 질박하고, 솔직하고, 화려하다. 무엇보다 정감이 있는 따뜻한 그림이며 난해하지 않아서 좋다. 사실적이다.

현대 작가들의 그림 앞에선 무엇을 말하는지 몰라 끙끙거리는데, 민화는 그러지 않아서 좋다. 명쾌하고 시원하다. 그래서 민화를 감상하고 그리는 것은 힐링이 된다. 민화를 그리면서 막혔던 가슴이 시원하게 뚫리는 희열을 맛보게 되었다.

'사람들의 영혼을 뒤흔드는 그림을 그리고 싶다.'는 화가가 있었다. 인간의 원초적인 욕망, 백합꽃 같은 순수함이 스며 있고, 그리움과 사랑이 깃들어 있는 민화야말로 인간의 영혼을 뒤흔드는 그림이라고 할 수 있지 않을까. 우울증을 앓고 있던 사람이 민화를 그리면서 그 병을 극복했다는 이야기를 들었다. 민화를 통해 삶의 휴식을 얻을 수 있고 마음의 평화를 가져오게 할 수 있다는 것이다.

이상향은 우리의 꿈이요 희망이다. 옛날 우리 조상들이 즐겨 그렸던 민화 '십장생도'의 세계가 바로 이상향이 아닐까 싶다. 세상이 아무리 각박할지라도 민화를 통해 희열을 느끼고 여유와 낭만을 가져보는 것은 어떨까. '십장생도' 병풍 앞에 앉아 있노라니 선계에 들어와 있는 듯이 한적하고 묘한 분위기에 젖는다.

애주가의 변명

그는 애주가다. 그는 술을 좋아하고 달을 사랑한 이태백을 몹시 흠모하고 사랑한다. 이태백은 술을 마시면 역사에 길이 남을 시라도 지었지만, 그는 크고 작은 사고를 냈다.

퇴근길에 술을 마시고 집으로 온다는 것이 엉뚱한 곳으로 가서 한 밤중에 몇 시간을 헤맨 끝에 집에 온 경우도 있고, 파출소에 끌려갔다 훈방된 경우도 있다. 음주운전으로 세워 둔 남의 트럭을 들이받아 차의 앞부분을 완전히 망가뜨려 가지고 들어온 적도 있다.

술 마시고 실수하는 그에게 아내가 바가지를 긁으면 '너는 술을 취하도록 마셔 보지 못했기 때문에 이해를 못한다.'는 것이다. 그녀가 술을 마셔 보지 못했다는 그의 생각은 아내를 모르고 하는 소리다.

그녀 역시 술을 많이 마셨다. 이유도 모르고 맛도 모르면서 선배들이 주는 술을 거절하지 않고 그냥 마셨다. 마시고 떠들었다. 취기가 어느 정도 돌면 이 나라가 어떻고, 이 정권이 어떻고, 유신이 어떻고 하다가 입을 닫았다. 젊은이들은 그것 앞에서 절망했다. 살얼음판을 걷는 심정. 말 한마디로 생명이 왔다 갔다 하는 암울한 시기에 술은 위안이 되기도 했다.

'왜 소크라테스가 독배를 마셔야 했는가? 왜? 왜? 왜?' 하면서 술을 마셔대었다. 세상의 모든 고통은 자신들이 다 지고 있는 양 괴로워했다. 서로의 대화가 아니라 제멋대로 각각 떠들어댔다.

떠들어대는 사람은 있어도 듣는 사람은 없었다. 그러고는 '마시자 한 잔의 술'을 고래고래 부르며 슬픈 청춘들은 집으로 갔다. 그리고 쓰러져 자는 일이 되풀이되곤 했다. 깨고 나면 아무것도 아니었다. 속만 쓰리고 부대꼈다. 기분 좋게 마셨지만 다음 날은 숙취로 고생을 했다. 왜 이러고 살아야 하는지 매일 세상을 향해 부르짖었지만 대답 없는 공허한 메아리만 되돌아올 뿐이었다.

세월은 빠르게 흐르고 그녀는 결혼을 하고 임신을 하면서 술을 끊었다. 출산을 한 후에 술을 마시자 DNA가 바뀌었는지 두드러기가 나고 온몸이 무너지는 것을 보고 술은 악마의 선물이라는 말을 믿었다. 다행히도 그녀의 아들은 술을 마시지 못한다. 그런데 그게 좋은 것이라는 생각이 드는 것은 아니었다. 술 권하는 이 사회에 적응하지 못하는 것은 아닐까 하는 걱정이 생기기도 하니 아이러니가 아닐 수 없다.

그는 술을 마시지 않으면 안 되는 절박감 속에서 살고 있는 것 같았다. 술은 악마의 음료인 것이 확실하다고 그녀는 믿었다. 어떻게 멀쩡한 사람을 순식간에 원숭이처럼 만드는지 신기하기만 하였다.

저러다가 알코올 중독자가 되지 않을까 하는 두려움은 그녀로 하여금 보따리를 쌌다 풀었다를 반복하게 했다. '참자, 참아 보자.' 하며 버티었다. '이제는 마지막일 거야.' 하는 그녀의 믿음은 항상 티끌처럼 바람에 날아갔다.

그가 술을 마시고 올 때마다 다툼이 잦아졌다. '지금이 몇 시냐? 지금까지 누구와 떡이 되도록 퍼마셨느냐? 무슨 실수를 하고 다니느냐? 차는 어떻게 했느냐?' 마치 청문회에 나온 의원처럼 따지면 그는 지그시 눈을 감고 '기분 좋으니까 마시는데 왜 말이 많으냐. 어찌 참새가 봉황의 뜻을 알겠느냐.'며 너스레를 떤다.

거의 7시간 가까이 이어지는 술자리가 대부분이었다. '도대체 무슨 중대사를 결정하느라고 그 시간까지 있느냐?'고 하면 '역사는 밤에 이루어진다.' 나…. 그러고 보니 굳건했던 유신 정권이 무너진 것도 밤의 술자리가 아니었던가.

자기가 무슨 역사를 바꿀 만한 인물이 되는지 안 되는지 구분도 못하면서 술만 마시면 판단이 서지 않고 헷갈리나 보다. '술 못 마시는 남자는 남자도 아니다.'라며 무슨 금언처럼 껴안고 자신이 진정한 남자라며 자랑한다. 세상에 자랑할 게 없어서 술 마시는 것을 자랑하느냐고 핀잔을 주면 '부처님이 곡차 좀 마셨기로 아녀자가 시시비비를 따지냐며 '남편은 하늘, 아내는 땅. 그 진리를 깨닫지 못하는 어리석은 중생'이라고 떠들 때면 그녀는 절망하고 말문이 막히곤 했다.

'무슨 심오한 진리를 터득하여 자신이 부처냐?'며 따지고 들면 '산은 산이요, 물은 물이다.'라며 성철 스님의 선문답을 내놓는다. 피식 웃음이 터져 나올 수밖에. '아니야, 산을 물이라고 하고 물을 산이라고 하는 덜떨어진 인간들이 얼마나 많은데. 정치하는 놈들 봐, 국민들 눈에 뻔히 보이는데 아니라고 오리발 내밀잖아. 적어도 난 술을 마셔도 산과 물은 구분할 줄 알거든.'

소위 불교 신자라 자칭하면서 불자들이 지켜야 할 오계五戒 중의 하나인 음주하지 말라는 계율을 왜 지키지 않느냐고 따지면, 자신은 부처라며 부처님이 곡차 좀 마셨기로 무슨 문제가 있느냐며 오히려 화를 낸다.

술 마신 사람과의 대화는 말짱 헛말이라는 것을 알면서도 매번 술 마신 사람 붙잡고 따지는 그녀도 참 어지간히 무감각한 사람이다. 불치병이다. '다음에는 대꾸하지 말아야지.' 맹세를 하곤 또다시 되풀이하니 그녀의 건망증도 도를 넘었다고 볼 수밖에 없다.

술에 취하여 호수에 뜬 달을 건지려다가 그 물에 빠져 세상과 이별한 이태백도 있노라며, 자기가 무슨 이태백 같은 시인이라도 된 듯이 착각하며 술을 즐긴다. 그의 술 예찬은 끝이 없다.

일찍 죽고 싶지 않으면 술 좀 작작 마시라고 그녀가 독설을 퍼부으면 '걱정 마라. 나는 부처다. 나는 내가 죽고자 할 때 날을 잡아서 꼿꼿이 앉아 죽을 테니까.' 한다.

아, 이 정도면 정신병원 신세를 져야 하는 게 아닌지. 술만 들어가면 이렇게 착각을 하고, 제정신이 돌아오면 안 그런 척 모른 척 시치미를 떼곤 한다.

'여자 마음 하나 헤아리지 못하는 주제에 무슨 도를 터득한 부처냐?'고 시비를 걸면, 원래 훌륭한 인물은 가족들과 주위 사람들로부터 비난을 들을 수밖에 없노라고 궤변을 늘어놓는다. 예수님도 동족에게 배신당해 십자가에 못 박히고, 부처님도 가족을 버린 가출청년이었다나.

큰일을 하려면 가족에게 얽매이지 않아야 한다며 '어디 하늘 같은 남편에게 시시비비를 따지려 드느냐? 천둥 치고, 비 내리고, 눈 내리는 하늘의 일에 땅이 왈가왈부 시비 거는 것 보았느냐?' 도리어 호통이다. 코흘리개 애도 아닌 그녀를 이런 식으로 대접을 하니 말이 통하지 않는다. 귀신 씨나락 까먹는 소리를 잘도 한다.

조선시대에 태어났으면 딱 맞는 사람인데 왜 이 시대에 와서 덜떨어진 헛소리를 해 대느냐고 빈정거려도 견고한 성처럼 끄떡도 하지 않는다. 아내의 잔소리쯤은 아랑곳하지 않고 그녀의 질책은 애시당초 귀에 들어오지 않도록 무슨 매뉴얼이 있는 것 같다.

술에 취해 비틀거리며 인사불성이 되어 정신을 못 차릴 때는 정말이지 소크라테스의 아내처럼 물이라도 한 동이 끼얹어 주고픈 생각이 들 때가 한두 번이 아닌 그녀다. '아! 크산티페의 심정이 바로 이런 심정이었겠구나.' 하면서.

그는 타의 추종을 불허하는 애주가이다. 그녀가 폭주가暴酒家라고 빈정거려도 마이동풍馬耳東風 노여워하지도 않는다. 남자는 술도 마시고 때로는 실수도 하고, 그것이 사나이들의 세상이라는 확고부동한 철학을 가지고 있다. 술 먹고 실수하지 않으면 그게 어디 사람이냐며 말도 되지 않는 주장을 편다.

'왜 술을 마시느냐?' 하면 '우선 술이 있으니까 마신다. 기분 좋아 마신다. 마시면 취해야 한다. 그것이 술에 대한 예의다.'라며 족보에도 없는 말을 잘도 한다. 아내에게는 예의라고는 찾아볼 수 없으면서 술에 대한 예의 운운하는 그를 어떻게 해야 할지 판단이 서지 않는다.

자고로 술은 1만 년 이상 인류의 동반자였으며 성스러운 것이다. 제사상에 반드시 올리는 것이 술이요, 모든 종교 의식에도 술을 바친다. 세상의 모든 성스러운 의식에는 술이 없는 의식이 없으며, 술은 인간을 행복하게 해 주는 신의 선물이라고 자신만만하게 주장한다. 자신 때문에 그녀가 힘들어 한다는 말을 하면 '사람은 번뇌가 있어야 한다. 고뇌가 없다면 그건 사람이 아니라 무생물이다.'라며 음주하는 자신을 합리화하고 변명만 늘어놓을 뿐이다. 술이 있으므로 행복하고 인생찬가라도 부르고 싶다는 그다.

오늘도 날이 저문다. 수많은 사람들이 또 돈을 싸들고 술집을 향해 부나비처럼 모여들고 마시고 떠들어댈 것이다. 술로 인해 세상사가 부드럽고 행복하다면 얼마나 좋을까마는 술이 사람을 불행하게 만드는 일이 다반사니, 그것이 큰일이다.

세월 앞에 장사 없다더니 그 말이 참말인 것 같다. 젊어 한때 기를 쓰고 마셔대더니 이제는 주량이 많이 줄었다. 술로 인한 다툼도 시나브로 사라져 갔다. 57세가 되면 깊은 산속에 작은 암자 한 채 지어 놓고 새소리 물소리 바람 소리 벗하고 풍경 소리 들으며 살겠노라고 호언장담하던 그가 60이 넘어도 속세에 머물러 있다. 아직은 산속보다는 속세가 나은가 보다. 아마도 술을 마시기 위해 속세에 남아 있는 것은 아닌지 모르겠다.

나의 증조부

고향에 왔다. 오랜만에 본 고향의 하늘은 예나 지금이나 변함없이 맑고 푸르른데, 고향집은 사라지고 그 터에는 식당이 들어서 있어 손님들을 맞이하고 있다. 문득 사랑방 쪽에서 증조부의 기침 소리가 들리는 듯하다. 고향에서는 증조부, 조부모, 부모, 그리고 나와 동생들까지 4대가 함께 살았다.

어린 시절 우리 가족은 사람들이 사는 마을에서 살지 못하고 유배당한 가족처럼 깊은 산중에서 숨어 살듯이 살았다. 그 깊은 산골에 외롭게 달랑 우리 집 한 채밖에 없었다. 우리가 그곳을 떠날 때까지 외딴집이었다. 낮이면 소쩍새가 울고, 밤이면 부엉새가 울었다. 여러 마리의 병아리를 몰고 다니던 닭도 있었고, 일을 잘하는 소도 있었고, 강아지도 있었지만, 오직 우리 가족만이 그 산속의 전부였다. 라디오도 없었고 자전거도 없었다. 매일 보는 산, 매일 보는 하늘, 그것밖에는 아무것도 없었다. 산과 산 사이의 산골짜기로 사면이 꽉 막힌 첩첩산중이었다. 공룡이라도 나올 것 같은 원시의 숲으로 둘러싸여 숨어 살기에는 안성맞춤인 곳이다.

그곳에서 증조부가 돌아가시고 내 유년 시절도 끝나 갈 즈음 우리 가족은 그 험준한 산속을 떠났다. 외롭고 가난했던 삶을 청산한 것이다. 면 소재지로 나온 나는 새로운 문명과 접하면서 초등학교를 졸업하고 중학생이 되었다. 중학 생활을 하던 어느 날 조부께서 나를 부르시더니 진지하게 말씀하셨다.

"너의 증조부께서는 말을 타고 다니면서 일본군과 싸우셨다."

가족 누구에게도 들어 보지 못한 증조부에 대한 말씀이었다. 더불어 우리 가족이 왜 그 깊은 산속에서 숨어 살아야만 했는가를 소상하게 말씀해 주셨다. 그리고 항상 증조부의 자랑스러운 정신을 잊지 말고 살기 바란다는 말씀을 덧붙이셨다. 무학이었던 조부는 중학교에 다니는 어린 손녀에게 큰 기대를 하셨던 것 같았다. 부끄럽지 않은 삶을 살라고 하신 조부의 말씀은 가슴에 새겨져 살아가는 데 정신적인 유산이 되었다. 조부께서는 가끔가다 나를 불러 앉히시고는 명성왕후 시해사건, 어떤 독립운동가가 일본군과 싸우다 전사한 이야기 등을 직접 경험한 것처럼 들려주셨다. 깊은 산속에서만 살았던 조부께서 어떻게 그런 이야기들을 알고 계셨는지 신기할 뿐이었다.

처음 그 말을 들었을 때에는 이게 무슨 뜬구름 잡는 이야기인지, 정말로 증조부께서 그런 분이셨는지, 그때는 한 귀로 듣고 흘려버리고 말았다. 증조부께서 독립운동을 하셨다니 도저히 믿어지지 않았다. 독립운동 하면 말을 타고 만주벌판을 달리며 일본군과 싸우다 장렬하게 전사하는 모습만을 상상하던 나에게, 깊은 산골에 숨어 살

다시피 한 증조부께서 독립운동을 하셨다는 것은 말이 되지 않았다.

독립운동을 했다는 죄목으로 일본 경찰에게 쫓기는 신세가 되었으니 그럴 수밖에 없었으리라. 증조부는 생명을 부지하기 위한 절박한 상황 속에서 가솔들을 이끌고 대전의 정든 고향과 정든 집을 몰수당하고 깊은 산골로 쫓겨 들어오게 되었다. 아무도 살지 않는 곳에 와서 집을 짓고 맨손으로 산비탈을 깎아 화전을 일구어 논과 밭을 풀어 삶의 터전을 마련하고 숨을 죽이며 살았다. 해방이 되었어도 그것도 모를 정도로 어둠 속에서 살았다. 뼈를 깎는 고통 속에서 자식들도 같이 고행의 길을 걸어야만 했다. 그야말로 암담한 삶이었다. 몸이 허약하여 주로 자리보전을 하신 조부께서는 시간만 되면 가래를 돋우면서 띄엄띄엄 가족사의 비극을 나에게 이야기해 주셨다.

포악한 적을 피해 산속으로 들어왔건만 녹록한 생활은 아니었다. 독립운동을 하면 3대가 망한다고 했던가. 그 말이 맞는 것 같다. 증조부, 조부, 그리고 아버지까지 가난과 불안과 공포 속에서 반세기 넘게 살았으니 틀린 말은 아닌 것 같다.

증조부에 대한 기억은 별로 없다. 다만 내가 먹을 갈고 증조부께서는 붓글씨를 쓰시던 모습이 문득문득 기억이 나곤 한다. 일제 강점기라는 역사의 소용돌이 속에 독립운동을 하다 발각되어 삶의 터전을 빼앗기고 야반도주하여 산골로 숨어든 증조부. 그 대가로 가족들은 인간 세상과 떨어져 오랜 세월을 숨어 살아야만 했던 비극적 운명을 만드신 분이다. 살기 위해 산속으로 숨어들었지만 가족들의 행복한 삶을 유보해야 했던 그 심정이 어떠했을까. 그분이 보낸 고통의 날들이 가슴으로 전해 와 나 역시 가슴이 쓰렸다.

독립운동을 했다지만 주목을 받지 못하고 비극의 역사 속에 묻히고 말았다. 자식들이 숨어 살며 배우지 못했으니 그 근거를 찾지도 못한 채 한 맺힌 가정사만 남게 되었다. 증조부의 좌절은 민족혼을 암흑의 역사 속에 묻을 수밖에 없는 아픔이었다. 대부분의 독립운동가의 자손들이 배우지 못해 비극적인 삶을 살아야만 했고 제대로 평가받지 못한 채 민족의 비극이 계속 이어지는 것이 안타깝기만 하다.

우리 민족 누구나가 겪었던 비극, 가족의 비극, 너나없이 힘들었던 과거 역사가 혹시 되풀이되지 않을까 가끔은 두려운 생각이 들 때가 있다. 독립된 국가 없이 내가 제아무리 잘나도 강한 자의 노예밖에 될 수 없으며, 동물처럼 쫓기는 신세밖에 될 수 없다는 것을 증조부의 삶은 증명하고 있다.

위안부 할머니들의 한을 그린 「귀향」이라는 영화를 보고 짐승 취급을 당하며 살아가야 했던 어린 소녀들이 가여워서 온몸으로 울었다. 내가 그 시대에 살았더라면 나 역시 그와 같은 일을 당했을 수도 있지 않았을까 생각하면 온몸에 소름이 돋는다. 힘없는 민족이 가야 할 길은 그런 길이라는 것을 절실히 깨달았다.

나라가 어려움에 처했을 때 나라를 위해 분연히 일어나 저항하는 것이 당연하다고 생각하지만, 가족의 불행을 자초하는 경우라면 어떻게 해야 하는 것이 정답인지 판단이 서지 않는다. 독립운동가들의 고단한 삶과 그 후손들의 고통이 마음속에 응어리가 되어 남는다. 오늘 우리가 누리는 이 풍요와 평화 속에는 나라를 찾으려다 고통 속에 살다 가신 분들의 피와 땀이 젖어들어 있고 그 분들의 영혼이 스며들어 있는 것이 아닌가. 증조부의 삶을 통해 이 땅에 다시는 강자에게 쫓기는 삶을 살아야 하는 슬픈 역사가 되풀이되지 않기를 간절히 빌어 본다.

지게에 얽힌 추억

오래전 어느 겨울날 마당에 있는 펌프가 얼어붙었다.

그때 내가 자취하던 집은 언덕에 자리 잡고 있어 더 추웠다. 먹을 물도 없으니 큰일이었다. 그런데 어떻게 알았는지 앞집에 살고 있는 아이가 물지게에다 물을 길어다 가마솥에 넣어 주었다. 고맙다는 말을 하면 멋쩍은 미소를 던지며 슬그머니 사라지곤 하였다. 멀리 가서 물을 퍼다 먹어야 했는데 그 아이가 물지게로 날라다 준 물 덕분에 무사히 겨울을 날 수 있었다. 중학교 3학년밖에 되지 않은 어린 것이 추운 겨울날 물지게를 지고 언덕을 오르내렸을 것을 생각하면 지금도 가슴이 아파온다.

그때는 그 아이에 대한 고마움을 제대로 표현하지 못했다. 그저 나 불편한 것만 생각하고 세상에 대해 불평만 하였다. '내가 왜 이 오지에 와서 이 고생을 해야 하나? 언제 이곳을 탈출할 수 있는가?' 하는 세상에 대한 원망만 가슴에 가득할 뿐, 타인에 대한 이해나 배려는 없었다. 생각할수록 부끄럽기 짝이 없다. 지금은 사라지고 없는 물지게, 그 지게의 무게가 어린 것을 얼마나 힘들게 했을까를 왜 지금에야 절실하게 생각이 나는지 모르겠다.

유년 시절, 시골에 살 때 아버지께서는 지게를 지고 다니셨다. 맨몸으로 다니시는 걸 본 기억이 없다. 물을 길어 오시거나, 논밭에 가시거나, 산에 가시거나, 장에 가실 때도 지게를 지고 다니셨다. 지게에는 농기구가 실릴 때도 있었고, 일할 때 드실 막걸리도 있었고, 곡식이 들어 있을 때도 있었다. 명절 때면 우리에게 줄 선물인 고무신과 옷감도 있었고, 과자와 제수용품도 있었다. 대개 빈 지게를 지고 나가시면 돌아오실 적에는 그 지게에는 항상 무엇인가가 가득 실려 있었다. 눈이 내리는 겨울에도 산에 올라 땔나무 짐을 나르시고 비가 내리는 여름에는 소고삐 잡고 풀짐을 가득 지고 오셨다.

인적 없는 산촌, 기차도 자동차도 몰랐고 라디오는 물론 그 흔한 자전거도 몰랐던 그 시대 산촌에 오직 지게만이 운반수단이었다. 우리의 어린 시절의 삶은 아버지의 지게와 함께 한 세월이었다.

지게를 볼 때마다 그 아이와 아버지가 생각이 나서 마음이 아프다. 그 무거운 짐들을 오로지 몸으로 지탱해야 했기에 고통스러웠을 것이다.

우리 할아버지, 아버지가 다니시던 논두렁길, 밭두렁길, 비탈진 오솔길. 그런 길들은 피할 수 없이 다녀야하는 길이었고 지게를 사용해야만 할 운명이 아니었던가 생각된다.

수레가 다닐 수 있는 길을 만들었다면 그런 수고로움은 덜었을 텐데 우리의 아버지 그 아버지들은 길을 넓히지 않고 그 좁은 길을 힘겹게 다녀야만 했다. 환경을 개선하기보다는 주어진 상황에 나를 맞추려했던 우리 조상들의 자연과 일치된 사상도 지게에서 엿 볼 수 있다. 지게는 우리나라 사람만이 사용한 독특한 운반기구가 아닌가 생각된다.

청나라를 다녀온 연암은 조선이 빈곤한 이유를 수레를 사용하지 않고 길을 넓히지 않은 데서 찾고 있다. 그는 청나라의 잘 정비된 도로망과 유통 수단의 발달을 받아들이지 않는 당대 선비들의 무능함을 열하일기에서 신랄하게 비판하고 있다. 도로망과 유통수단의 발달은 경제발전의 기본인 것은 틀림없는데 조선은 북벌을 주장할 뿐 그들의 발달된 문물을 받아들이지 않고 도외시하고 있었다.

옛날에는 생활필수품이었던 것들이 산업화. 기계화의 거센 바람 속에 사라져가고 있다. 지게도 그 중의 하나로 이제는 구시대의 유물인 양 박물관에서나 찾아볼 수 있는 물건이 되었다. 지게는 이제 세월의 뒤안길로 사라지고 그 자리에 트럭, 자동차들이 질주하는 아주 편리한 세상이 되었다. 이러한 문명의 혜택을 받지 못하고 떠나신 내 할아버지, 내 아버지에게 죄송한 생각이 들기도 한다. 그분들 덕분에 우리가 그 혜택을 누리고 사는 것을 생각하면 그저 고마울 따름이다.

지게로 물을 날라주었던 그 아이가 살던 마을은 댐(충주댐)이 건설되어 물속에 잠기고 말았다. 아래쪽에 있는 내가 근무한 학교는 물론이고 우체국과 보건지소도, 내가 살던 언덕 위의 함석집도 하나님의 집 교회도 물속으로 사라졌다. 마을과 함께 그 동네 사람들도 모두 사라졌다. 정든 고향을 등지고 타지로 나가 뿔뿔이 흩어지고 말았다. 그 아이 가족도 수몰됨과 동시에 어디론가 떠나갔다.

그 아이를 생각하면 가슴이 따뜻해진다. 오늘같이 춥고 찬바람이 부는 날은 더욱 그립다. 우직하고 순박했던 그 아이는 그 시절 나에게는 천사와 같은 존재가 아니었던가 하는 생각이 든다.

가끔가다 지게를 보면 그 아이가 생각이 나고, 힘든 삶의 무게를 가득 짊어진 아버지가 그리워진다.

운전면허증

운전면허증을 갱신하기 위해서 면허시험장을 찾았다. 시험장의 분위기는 예전이나 다른 것이 없다. 시험 장소는 바뀌었지만 수험생들의 긴장된 모습은 어찌 그리도 똑같은지.

40여 년 전 운전면허를 취득할 때의 사건이 생각난다. 이 사건은 남에게 들키고 싶지 않은 창피스런 과거다.

처음 운전면허 시험을 본다고 했을 때 남편이 간곡히 말렸다. 사고 나면 어떻게 할 것이냐며 난색을 표했다. 나는 남편 앞으로 보험을 들 것이니 걱정하지 말라고 응수했다. 남편은 치명적인 불구자가 되면 어떻게 하느냐며 절대로 안 된다고 고개를 저었다.

할 수 없이 남편 몰래 운전 연습장에 가서 연습을 하고 시험을 보았다. 문제는 실기시험에서 여러 번 실패를 했다. 워낙 운동 감각 능력이 떨어지고 상황 판단이 느린 내가 운전을 하겠다는 발상부터가 잘못이었다.

세 번째 시험에서 남편이 염려했던 대로 사고를 내고 말았다. 수동 변속기라 두 발과 두 손을 거의 동시에 움직여야 했다. 한 손으로는 기어 변속기를 조절하고, 또 다른 손은 핸들을, 발은 클러치 페달과 액셀러레이터 페달과 브레이크 페달을 연속적으로 조작해야 하는데, 언덕에서 잘못하여 시동이 꺼지는 바람에 차가 뒤로 밀리기 시작했다. 브레이크가 말을 듣지 않았다. 차는 결국 차단막을 들이받고 멈추었다.

운전하는 것을 지켜보던 사람들이 놀라서 소리를 질렀다. 정말 창피하여 고개를 들 수가 없었다. 얼굴을 가릴 데가 있으면 좋겠다는 생각을 했는데 어디에도 그런 곳은 없었다. '나는 안 되는 사람이구나. 운동 신경이 부족한 유전자 덕에 방법이 없구나. 남편 말을 들을 것을 내가 괜한 만용을 부렸지.' 하고 눈물 나게 후회했다. 그리고 교통사고가 나는 것을 볼 때마다 꼭 내가 사고를 낸 것처럼 깜짝깜짝 놀라며 '운전대는 영원히 안녕'이라고 내게 다그쳤다. 결국 아쉬움을 뒤로하고 운전면허 시험을 깨끗이 포기하고 말았다.

그 후 꿈속에서도 간혹 사고가 나는 꿈을 꾸었다. 신기하게도 차가 뒤로 가다가 사고가 나는 것이었다. 그러면서 자책과 자기 연민과 우울감 속에서 얼마간을 지냈다. 한 번에 붙은 남편을 보며 부러워서 견딜 수가 없었다. 왜 그리도 자신이 초라하게 느껴졌는지 자존감을 완전히 상실하게 되었다. 항상 안전한 것만 선택해서 살아왔기에 실패한 적이 없었는데 괜스레 나에게 화가 났다.

그러던 어느 날 어떤 잡지에서 판사님이 쓴 운전면허 취득기를 읽게 되었다. 사법시험보다도 더 어려웠던 것이 운전면허 시험이라면서 쓴 내용은 일곱 번 떨어지고 여덟 번째 합격했다는 내용이었다. 그야말로 칠전팔기 그 자체였다. 그 글을 읽고 '일곱 번만 시험을 보자. 이 나라 최고의 지성인 판사님도 일곱 번이나 떨어졌다는데…' 하면서 다시 도전을 하여 네 번째에 합격을 하였다. 한두 번에 붙는 사람이 대부분인데 어이가 없었다. 운전면허증을 받으면서도 기쁨보다는 쓸쓸함이 앞섰다. 그리고 그 운전면허증은 10여 년 이상 장롱에서 잠을 잤다.

어느 날 퇴근길에서 추위에 떨며 버스를 기다리다 지쳐 택시를 탔다. 총알택시였다. 100km를 넘어 이리저리 곡예를 하는 난폭운전이었다. 놀란 나는 기사에게 바쁘지 않으니 천천히 가도 좋겠다고 하자 자기가 바쁘단다. 그러면서 누군가에겐지 모르게 험악한 욕설을 퍼붓기 시작하는데 완전 공포 분위기였다. 택시라는 그 좁은 공간에 단 둘 뿐, 그 공간이 너무 무섭고 두려웠다. 그때는 이상한 택시기사가 여러 명의 여자들을 살해했다고 매스컴에서 한참 떠들던 때였다. 나는 불안 속에 떨며 멀미가 나서 견딜 수가 없었다. 목적지에 이르기도 전에 차에서 내렸다.

그 이튿날 중고 자동차 시장에 가서 차를 구입하고 남편에게 모욕적인 소리를 다 들으며 연수를 받았다. 속 타는 절박함이 나를 독하게 만들었다. 남편에게 운전 배우다 이혼한 사람도 있다는 말을 실감할 정도였다.

그때 안 되는 사람이라고 생각하고 포기했다면 난 영원히 운전을 하지 못했을 것이다. 생각하면 아득하다. 포기하고 도전하지 않으면 아무 것도 이룰 수가 없다는 것을 그때 절실하게 깨달았다. 어떤 상황에서도 포기하지 않고 희망을 갖는 것, 그것은 결국 사람을 살리는 것이며 삶의 원동력이 된다는 것을.

면허시험장에서 박수 소리가 들린다. 합격했다는 신호다. 갱신한 면허증을 들고 면허시험장을 빠져나왔다. 몇 번 떨어졌다고 포기하는 사람이 절대로 없기를 간절히 바라면서.

2부 _ 5월의 추억

5월!
이별하기엔 너무 아름다운 계절이었다.
행복했던 날들의 기억을 위해서 슬퍼하지 않기로 결심했다.

그와의 따뜻한 추억은 가슴 한구석에 그리움으로 남아 있다.
지나간 과거는 언제나 한결같이 아련하고 안타까운 미련을 남기는가 보다.

단발령斷髮令

머리를 깎을 때마다 생각나는 아이가 있다.

중학교 신입생들에게 단발령이 내려졌던 시절의 이야기다.

13년 동안 단 한 번도 머리를 자르지 않았다는 신입생이 들어왔
다. 담임인 나는 이유 불문하고 학교의 교칙대로 머리를 자르고 오
라고 했다. 그러나 그 학생은 그대로 왔다. 며칠째 그 학생의 머리 때
문에 갈등이 생겼다.

담임이 빨리 해결하라고 교감 선생님으로부터 압력이 들어왔다.
어쩔 수 없어 학부모를 부르자 그 아이의 언니가 왔다. 어머니는 오
래 전에 돌아가시고 아버지는 농사일로 바쁘셔서 자신이 왔노라고
했다.

가혹했지만 언니가 책임지고 머리를 깎고 학교에 보내라고 최후
통첩을 했다. 언니는 동생이 고집이 너무 세서 어렵다는 것이었다.
그 아이의 머리 문제는 일주일이 지나도 해결이 나지 않았다.

반 아이들도 나에게 반감을 가지기 시작했다. 자기들한테는 철저
하게 용의검사를 하면서 왜 그 학생은 특별대우를 하느냐고 원망의

눈초리로 바라보았다. 머리를 자르지 않아도 되느냐고, 자기들은 눈물을 흘리면서 잘랐다고 아우성이었다. 그 아이의 머리 문제는 결국 나의 문제가 되었다.

나 역시 교사지만 학교사회의 교칙을 잘 받아들이지 못하고 있는 형편인지라 그 아이의 입장을 충분히 이해하고 있었다. 학생은 왜 단발을 해야 하는지 그 이유가 궁색했다. 학생들을 보호하자는 것이니 따르라고 하는 것은 억지라는 것이 더 이해가 빨랐다.

나는 제3의 방법을 찾을 수밖에 없었다. 머리에 규제가 없는 다른 학교로의 전학이었다. 언니를 불러 다른 학교를 찾아보는 것이 좋겠다는 나의 생각을 말했다. 머리를 자를 것이냐 다른 학교로 갈 것인가를 갈등하던 어느 날 그 아이는 단발을 하고 나타났다. 입학한 지 한 달 만이었다.

엉덩이까지 내려오는 그 긴 머리를 자른다는 것이 어디 쉬운 일인가. 머리는 어쩜 그 아이에게 전부였던 것이다. 단 한 번도 자르지 않은 머리를 자르라고 하니 반항하는 것이 당연한 일이었을 것이다.

여중·고 시절 나 역시 머리 때문에 많은 갈등을 겪었다. 귀 밑 2cm, 조금이라도 규정에 어긋나면 생활부 선생님들께서 교실에 들어오셔서 머리에 가위를 들이대곤 하였다. 교칙을 바꿔 줄 것을 생활부에 건의하기도 했지만 허사였다.

우리들은 분노했지만 반항을 할 수 없어 복종하였다. '악법도 법'이라고 비꼬며. 머리, 교복, 신발까지 획일적이었다. 그야말로 개성이 없는 시대를 살았다. 고등학교를 졸업하자마자 복수라도 하듯이 머리를 길렀다.

그 아이가 고등학교에 진학할 때쯤 서울의 봄을 맞이하여 두발 자유화가 발표되었다. 그 아이는 그때 무슨 생각을 했을지 참 궁금하다.

머리는 사람들에게 절대적인 것 같다. 머리를 자르려거든 내 목을 자르라고 일갈한 최익현의 일화와 삼손과 데릴라의 신화는 많은 것을 시사해 준다.

신체발부身體髮膚는 수지부모受之父母라 불감훼상不敢毀傷이 효지시야孝之始也라 하여 목숨보다 소중히 여겼던 옛 조상들을 보면 머리는 삼손의 머리카락만큼이나마 위대한 힘을 가지고 있었던 것이 아닌가 하는 생각이 든다. 갑오개혁 때 단발령은 그야말로 경천동지驚天動地할 일이었으리라.

태어날 때의 머리털을 평생 간직해 온 선비님은 단발령 때문에 그야말로 목을 자르는 심정으로 머리를 잘랐을 것이다.

학생이 평생을 길러온 머리를 자를 때 대성통곡을 하였다고 한다. 그야말로 목을 자르는 심정으로 잘랐을 것이다. 그 아이는 아마도 머리카락을 잘라내던 그 순간을 영원히 잊지 못할 것이다.

우리 역사를 보면 특히 부녀자들의 머리 모양은 매우 엄격했다. 머리 모양에 따라 결혼 유무를 알았으며 또한 신분을 나타내기도 하였다. 혼례를 치르면 비녀를 꽂아 어른이 되었음을 세상에 알렸다. 궁녀나 기생들까지 머리를 올리는 성인식을 치렀다고 한다. 머리를 올리지 않으면 원귀가 된다는 전설도 있었다.

누군가는 머리카락을 여인의 제2의 생명이라고 했다. 머리를 어떻게 하느냐에 따라 얼굴도 바뀌고 이미지도 바뀌게 된다. 금빛으로 굽이쳐 흘러내리는 비너스의 우아하고 매혹적인 머리카락은 보는 이로 하여금 찬탄을 자아내게 한다.

조선 여인의 쪽진 머리는 정숙함과 단아한 모습으로 범접할 수 없는 기상을 보여준다. 열일곱 소녀가 두 갈래로 땋은 머리는 순수함과 정숙함을 나타내 주기도 한다.

여자들이 머리에 들이는 공은 가히 상상을 초월하는 것 같다. 머리하는 데 매일 두 시간씩이나 공을 들이는 사람도 있다고 하니 더 말할 나위도 없겠다.

나처럼 짧은 커트 머리도 시간과 노력을 들여야 하는데 긴 머리에 들이는 수고로움이야말로 말로 표현할 수 없을 것 같다. 머리를 자를 때마다 그 아이 생각이 난다. 지금은 어떤 머리로 살아가고 있을까 하고.

단발령이 사라지고 두발 자유화가 되자 학생들은 염색과 파마를 하고 나타났다. 그러나 그것까지는 허용하지 않았다. 또 갈등요인이 생겨났다. 학교에서는 규제하려고 하고 학생들은 반항하고. 영원히 해결되지 않는 문젯거리였다. 항상 기존의 세력에 반항아는 있게 마련이니까.

세상 사는 데 정답이 있던가. 개성과 인권이 먼저인지 아니면 단

체의 규칙과 법이 중요한 것인지, 그 어떤 것이든 사람 위에 존재할
수는 없다. 머리가 아니라 사람이 대우받는 그런 세상이면 참 행복
할 것 같다. 사람마다 다르지만 각자의 개성에 맞게 사는 것이 지혜
롭지 않겠는가. 그래도 단발머리를 하고 학교에 다니던 그때가 그리
워지는 것은 무슨 연유일까.

추억의 모내기

초임 교사 발령을 받고 찾아간 제천 지역 H중학교는 산으로 둘러싸인 교정 뒤로 남한강이 흐르고 있었다. 한 폭의 그림 같아 가슴이 일렁였다. 무언가 좋은 일만 있을 것 같았다.

그런데 겉보기와 딴판으로 봄 내내 비가 내리지 않아 사람들의 입이 탔다. 아카시아꽃이 피어선 지고 밤꽃조차 떨어지고 있었지만 비 한 방울 안 내렸다. 농민들은 구름 한 점 없이 파란 하늘을 바라보며 하늘을 원망하였다. 동네 어른들은 기우제라도 지내야 할 것 같다고 입을 모았다. 저수지의 물은 다 마르고 모내기를 못한 논바닥이 거북이 등처럼 쩍쩍 벌어졌다.

애타게 기다리던 비는 모내기철을 훨씬 넘긴 6월 중순에야 내렸다. 온 나라가 한꺼번에 모내기를 하는 일이 벌어졌다. 공무원들도 모내기에 동원되었고 학생들도 교실에 앉아 있을 수가 없었다. 우리 학교 학생들도 등교하자마자 가방을 교실에 놓고 면에서 나온 트럭을 타고 각 동네로 가서 모내기를 하였다. 내가 맡은 담임반 학생들도 몇 개의 그룹으로 나뉘어 각 마을에 배정되었다.

학생들은 1주일 동안 아침부터 저녁 땅거미가 질 때까지 논에서 나올 수가 없었다.

6월의 태양은 뜨겁기만 하였다. 학생들이 모심는 것을 감독하는 일이 수업하기보다 힘들었다. 난생처음 바지를 걷어붙이고 논으로 들어갔다.

"선생님, 저희들이 할게요. 선생님은 나가세요. 빨리요."

학생들이 담임을 밖으로 밀어내었다. 버티던 나는 뒤로 벌렁 나자빠졌다. 무논에 때아닌 웃음보가 터졌다. 못 이기는 척하고 논 밖으로 나왔다. 학생들을 보호해야 할 내가 오히려 보호받고 있다는 생각이 들어 부끄러웠다.

모내기를 하면서 사건 사고도 많았다.

이틀째 되던 날 학생 한 명이 거머리가 몸속으로 들어갔다며 어떻게 하느냐고 울먹였다. 그 학생은 거머리가 몸속에 들어가 잘못하면 자기가 죽을지도 모른다며 질금질금 우는 것이었다. 난감했다. 나는 거머리는 피를 빨아 먹고는 저절로 떨어지지 절대 사람 몸속으로 들어가지 않는다고 말해 주었다. 거머리 사건은 한동안 교내에서 화제가 되었다.

두 번째 사고는 학생이 논으로 들어가기 위해 신발을 벗어 놓고 조그만 개울을 건너다가 유리에 복숭아뼈 근처를 베이고 말았다. 꽤 깊은 상처였다. 하얀 뼈가 보일 정도였으니까. 많은 피가 흘렀지만 학생은 의외로 침착하였다. 울지도 않았다. 오히려 내가 부끄러운 줄 모르고 울음보를 터뜨리고 말았다. 우선 스타킹을 벗어 지혈을 하고 마을 이장의 도움으로 보건소로 데리고 가 몇 바늘 꿰맸다. 가슴이 아팠다.

모내기가 끝나고 학교로 돌아온 아이들은 며칠 전보다 훨씬 더 성숙한 모습을 보여 주었다. 힘든 일을 해낸 아이들이 대견스러웠다.

가을걷이가 시작되면 학생들은 집안일을 거드느라고 결석을 많이 했다. 숙제를 해 오지 않는 경우도 많았다. 밤늦도록 농사일을 거들다 하지 못했다는 것이다. 농사일로 여린 살에 풀독이 올라 팔다리가 벌겋게 부어올라 학교에 오는 학생도 많았다.

편하게 공부하는 도시 학생들과 비교하면서 감정을 주체하지 못해 울먹인 적도 많았다. 농사일 돕느라고 얼굴은 새까맣게 탔지만 검은 눈을 반짝이며 씨익 웃던 학생들의 모습은 지금껏 아름다운 모습으로 각인되어 있다.

그 아이들은 단 한 명도 불평하는 학생들이 없었다. 집안을 위해서 자신들이 할 일이라 생각하고 부모님 말씀에 묵묵히 순종했다.

요즘은 어떤가? 절대로 자기 자식은 궂은일 시키지 않으려는 부모에 아이들은 참을성도 부족하고 끈기도 없는 것 같다. 내 아이의 편안만을 추구하는 이기적인 풍조가 만연되어 있다. 물론 어른들의 책임이 크다. 효심과 봉사의 정신이 넘치던 그때의 남한강변 아이들이 그립다. 녀석들을 떠올리면 가슴이 훈훈해진다.

오랜 교단생활 동안 수많은 학생들이 나를 스쳐갔다. 그들 중 안부 전화도 하고 편지를 보내오는 여럿 가운데 초임 학교의 제자들이 제일 반갑다. 모를 함께 심은 것 때문일까, 고향에서 경찰과 우체국 직원으로 일하고 있는 두 친구의 살가운 대화는 나를 언제나 즐거운 추억 속에 빠뜨리곤 한다.

학교 폭력이 난무하는 오늘의 세태가 걱정스러울 때면 나는 학생들과 모심던 들판 생각이 난다. 그들 중 크게 이름을 날리는 사람은 없어도 사회의 밑거름이 되어 반듯하게 살아가고 있음이 믿음직스럽고 고마울 뿐이다.

자연 속에서 더불어 체험하며 인성을 닦아가는 그런 학교 교육을 그려 본다.

거짓말

나는 잘 속는다. 아니 잘 믿는다는 말이 맞는 것 같다. 귀가 얇아서라기보다 병약한 몸 때문이다. 내가 자주 아프니까 아프다는 아이들만 보면 대책 없이 동정을 베푼다.

국어 수업 시간이었다. 판서를 하는데 약한 신음소리가 났다. 평소에 엎드려 잠만 자던 학생인데 웬일인지 배가 아프다고 통증을 호소하였다. 얼굴은 땀으로 범벅이 되어 있고 벌겋게 상기되어 꽤 심각한 상황이었다. 머리를 짚어 보니 열도 있는 것 같았다. 걱정이 되어 우선 보건실에 가 보라고 하였다. 그러자 옆에 앉은 두 아이가 부축하겠노라며 따라나섰다.

"너희 둘은 보건실에 데려다 주고 바로 들어와라." 하자 아이들은 "네에." 하면서 즐겁게 교실을 나갔다. 그러나 두 아이들은 수업이 다 끝나도록 돌아오지 않았다.

수업을 마치고 아픈 아이가 걱정되어 보건실로 가 보았더니 그런 아이 온 적이 없다고 하였다. 허겁지겁 교무실로 들어가자 그 세 명의 학생들이 교감 선생님 책상 앞에 무릎을 꿇고 앉아 있는 게 아닌가.

교감 선생님이 한마디 던지셨다.

"수업 관리를 어떻게 해서 학생들이 수업 시간에 나와서 돌아다니는 겁니까? 교내 순회를 하는데 이 녀석들이 매점에서 군것질을 하고 주변에서 놀고 있기에 데려왔습니다. 다시는 이런 일 없도록 잘 지도하세요."

어이가 없고 황당하기까지 한 나는 아이들을 학생지도실로 데리고 가서 "어떻게 해서 병자처럼 선생님을 감쪽같이 속였느냐?"고 묻자 학생들은 무슨 무용담처럼 떠들어댔다. 미리 준비한 물을 얼굴에 바르고 여기저기 꼬집어서 벌겋게 만들고, 이마는 빡빡 문질러서 열이 나게 만들었다는 것이다. 교감 선생님께 꾸지람을 듣고 다시 나에게 끌려온 학생들은 잘못했노라고 다시는 안 그러겠다고 두 손을 싹싹 빌었다.

"다시는 안 그러겠다고? 내가 너희들을 어떻게 믿니, 너희 같으면 믿겠니? 너희들 '양치기 소년' 이야기 알고 있지? 너희들 자꾸 거짓말하면 양치기 소년처럼 된다. 그리고 어느 놈이 먼저 이 일을 하자고 했니?"

"만두(이름과 비슷한 발음으로 생긴 별명)가 먼저 하자고 했고, 저와 짱구(머리 모양에서 비롯된 별명)는 그렇게 하자고 해서 그대로 했어요."

"그래, 그렇게 하자고 한다고 이 나쁜 일에 따라나서냐?"고 나무라자 "선생님! 그럼 친구가 가자는데 안 가요. 선생님께서 아픈 친구는 도와주라고 하셨잖아요." 하고 오히려 큰소리다. 거기다 선생님까지

물고 들어지다니.

"아! 요 귀여운 놈들, 밉다, 미워. 네놈들 연극하면 성공하겠다. 대본 쓰고 연기하고 연출하고, 어휴, 너희들의 그 끔찍한 우정에 눈물이 난다. 이 괘씸한 놈들!"

나는 꿀밤을 몇 대 주고 각서 한 장씩 받고 교실로 돌려보냈다. 교실 탈출에 성공을 했으면 들키지나 말 것이지 꼭 잡혀 들어오는 녀석들을 보면 얄밉기도 하고 측은하기도 하다.

며칠 전에도 담임 반 학생에게 속아 한참 속이 쓰려 있던 참이었다. 6교시 수업이 끝나고 청소 시간에 학생 세 명이 배가 아프다면서 병원에 가야겠다고 했다.

"아니 왜 세 명이 같이 배가 아프니? 참 이상하다."고 했더니 점심시간에 교문 밖에서 김밥을 사서 먹었는데 배가 살살 아프다는 것이었다. 학교 식당에서 안 먹고 왜 다른 곳의 음식을 사 먹었느냐고 일단 주의를 주고 식중독이 의심되어 학교에서 제일 가까운 병원에 다녀오라고 병원비까지 주어 보냈다. 그러나 아이들은 야간 자율학습이 다 끝날 때까지 감감무소식이었다.

이튿날 아침 교실로 들어가니 어제 그 세 명이 파마머리를 하고 왔다. 떠들던 학생들은 나의 눈치만 보며 그림처럼 앉아 있었다. 교칙을 어기면 용서하지 않는다는 것을 아는 녀석들이 교칙을 어기고 게다가 아프다고 거짓말까지 하다니. 화가 난 나는 처음부터 끝까지 다 말하라고 다그쳤다.

그러나 녀석들은 끝까지 아픈 것도 사실이고 병원에 간 것도 사실이라고 우겼다. 그럼 어느 병원에 갔느냐고 물었지만 가로수 옆에 있는 병원이라는 것 외에는 대답을 하지 못했다. 근처 병원에 전화를 걸어 세 명의 학생 환자 왔었느냐고 물었지만 그 어느 곳도 그런 일이 없다는 대답이었다. 그날 오후 방과 후 자율학습 시간에 미장원 가서 머리 풀고 오라고 했더니 못 하겠다고 했다. 파마머리 푸는 데 5만 원이라는 거금이 든다고 했다. 할 수 없이 학부형에게 전화를 걸어 내일 자제분들 파마머리 풀고 학교 보내라고 부탁을 하였다. 그러지 않으면 아프다고 거짓말한 것까지 합쳐서 엄벌하겠노라고, 그러면 고등학교 입시에 좋지 않을 것이라고 엄포까지 놓았다. 결국 아이들은 다음 날 머리를 풀고 학교에 왔다.

툭하면 당하면서도 고쳐지지 않는 몹쓸 병이다. 아프다는 말에 절대 속지 말아야지 하면서도 또 속고 마는 것이다. 배가 아프다고 하여 보건실에 보낸 녀석이 PC방에 가서 게임을 하고 오지를 않나, 설사가 나서 화장실이 급하다고 하여 보냈더니 교문밖에 나가서 떡볶이를 사 먹고 오지를 않나, 치밀한 계획을 가지고 덤비는 녀석들에게 걸려들어 번번이 당하는 내가 멍청하다는 생각이 들곤 하였다. 녀석들 탓할 게 아니라 그들의 덫에 걸려든 내가 어리석은 것이다.

얼마나 공부하는 것이 힘들고 싫으면 그런 연극을 했을까 생각하니 그 녀석들도 참 가엾다는 생각이 들었다. 그리고 파마가 얼마나 하고 싶었으면 선생님에게 그런 거짓말을 했을까 생각하니 아이들을 너무 교칙에 얽매이게 하는 것이 아닌가 하는 미안한 마음이 들기도 했다.

그렇게 좌충우돌하면서 한 학기가 끝나고 10월 달이 되자 학교는 축제 준비로 술렁이게 되었다. 학생들은 들떠서 수업은 뒷전이었다. 나 역시 그 분위기에 휩쓸려 수업할 의욕이 사라졌다. 그래서 수업 안 할 적절한 이유를 찾았다. 축제 때 연극 공연을 한 학생에게는 수행평가 만점을 주겠다는 것과 국어 시간에 특별히 연습 시간을 주겠다고 제안을 했다. 모든 학생들이 손뼉을 치며 무대에 오를 것처럼 호들갑을 떨었지만 축제 때 연극 공연을 하겠다고 나서는 학생은 아무도 없었다. 대본 쓰고 연습하고 공연하는 것이 어디 쉬운 일인가.

그런데 만두와 짱구가 축제 날 사고를 쳤다. 무대 막이 올라가고 시끄러운 음악과 함께 나타난 그들은 분장부터가 폭소를 자아내게 했다. 머리의 반은 빡빡머리를 하고 반은 정상인 데다 몸뻬 바지를 입고 얼굴은 얼룩덜룩 물감을 칠하였다. 춤 역시 이마를 손으로 때리고 넘어지고 자빠지고 구르고 참 가관이었다. 이름하여 '마빡춤'이라나. 그 아이들은 그렇게 망가지고 관중들은 눈물이 나도록 허리를 잡고 웃었다. 이날만은 아이들 모두에게 즐거운 세상이었다.

어쩌면 우리나라의 교육제도가 학생들에게 교실 탈출의 유혹을 느끼게 하는 것이 아닐까 하는 생각이 들 때가 많다. 학교가 축제처럼 즐거운 곳이라면 혼나는 줄 뻔히 알면서 선생님에게 그런 거짓말을 하면서까지 모험을 하지는 않을 것이다.

사춘기의 방황

한 아이가 결석하는 날이 잦아지더니 급기야 학교에 발길을 끊었다.

법정 수업 일수를 채우지 못하면 졸업이 불가능하기에 애간장이 탔다. 어디에서 무엇을 하고 있는지 부모는 물론 친구들도 알지 못했다. 평소에 매우 조용한 아이였다. 말썽 한 번 부리지 않던 아이가 무단결석을 하니 더 마음이 쓰였다. 내가 할 수 있는 일이 없었다. 그 무기력함에 나 자신을 용서할 수가 없었다. 학생들에게 꿈과 희망을 주는 교사가 되겠노라고 결심하며 교직에 몸담았으나 처음부터 빗나가기 시작했다.

젊은 아버지는 세상에 대해 불만만 늘어놓는 알코올 중독자였고 어머니는 가출한 상태였다. 내가 방문한 날도 학생의 아버지는 술에 취해 있었다. 자신은 실패한 인생이라면서 자신의 아들만은 잘되기를 빌었다며 한숨을 토해냈다. '지 엄마를 찾겠다고 집을 나갔는데 어디로 갔을까요?' 오히려 나에게 물었다. 고민으로 일그러진 얼굴과 충혈된 두 눈 속에 실패한 인생이 그대로 드러났다. 어떻게 자식을 키워야 하는지 알 수 없다는 그에게 연민의 정을 느꼈다. 아버지는 무턱대고 공부하라고 다그치고 아이는 반항하고, 그것이 반복되었다. 악순환이었다. 어떻게 해서라도 아이를 찾아 학교로 보내라고 부탁하고 아이가 오면 주라고 편지 한 장을 써 놓고 집을 나왔다.

사춘기의 아이들은 가정의 문제가 없어도 방황하고 가출하는데 어린 나이에 상실의 고통을 겪고 있는 그 아이의 마음을 생각하면 마음이 아프고 쓰렸다.

어머니의 가출은 그 아이에게 말 할 수 없는 상처였겠지만 어머니의 가출 역시 이해가 되었다. 술만 먹으면 트집 잡고 싸움을 하는 남편에게 희망을 놓은 아내가 집을 나갔다는 것이 주변 사람들의 증언이었다. 그 어느 누구도 그 상황을 참아내기 어려울 것이다. 시골 마을에서 아내들이 가출하는 일은 종종 있었기에 그렇게 심각하게 생각하지도 않는 분위기였다.

어머니를 찾아 헤매는 그 아이가 자꾸 어른거렸다. 그 어린 것을 위하여 아무것도 해 주지 못하는 속수무책인 내가 견딜 수 없었다. 수렁에 빠지지 말고 무사히 돌아오기만을 간절히 기도했다. 한 달이 지나도 소식이 없었다. '내일이면 오겠지. 내일이면 오겠지.' 하고 기다렸지만 아무런 소식이 없었다. 매일 그 아이의 빈 책상만 멀거니 바라보았다.

교사로서 생활지도에 실패한 것이다. 패배의 감정이 나를 지배했다. 그러던 어느 날 그 아이가 돌아왔다. 평소처럼 아침 자율학습 감독을 하려고 교실에 들어가니 그 아이가 자기 자리에서 일어나 나를 맞이하고 있지 않은가. 그 순간 나는 잃었다가 다시 찾은 양의 우화를 문득 떠올렸다. 반가운 마음에 안아 주고 싶었지만 머리 하나가 나보다 더 큰 아이를 안아 줄 수는 없어서 어깨를 토닥여 주었다.

"왔구나. 잘 왔다. 고맙다."

아이는 "네." 하고 짧게 대답하고 머리를 숙였다.

그날 아무렇지 않게 수업을 진행했지만 내 가슴은 뛰고 있었다. 전보다 많이 수척한 얼굴이었지만 어딘가 성숙한 모습으로 변해 있는 그 아이가 대견스러워 보였다. 사고 치지 않고 다친 곳 없이 돌아와 준 것이 그렇게 고마울 수가 없었다. 사고 치고 끌려와서 모두를 힘들게 하는 일이 종종 있었기에 그것이 고마웠다. 어떻게 지냈느냐고 물었지만 대답을 하지 않고 빙그레 웃기만 하였다. 궁금했지만 더 이상 묻지 않았다. 말하고 싶을 때가 오면 말해 주겠지 하고 말았다. 그 아이는 더 이상 문제를 일으키지 않고 무사히 졸업을 하고 공업고등학교로 진학을 하였다.

사춘기 한때 감정을 다스리지 못하고 방황하는 아이들이 종종 있다. 혹독하게 사춘기를 보내는 것이다. 그런 것들을 지켜보아야만 하는 교사도 마음이 아프긴 마찬가지다. 아이들이 성장하는 장소가 되는 학교가 아이들이 즐거워하는 장소가 되어야만 하는데 그렇지 못한 경우가 있다는 것이 애석할 때가 많다.

소년의 가슴속에 일고 있는 야성의 바람을 수련과 인격의 장으로 불러들어야 하는 것이 교사의 역할임은 알고 있지만 준비 없이 맨손으로 치러야 할 신비로운 전쟁이기에 힘에 겨웠다.

사춘기의 청소년들은 상처받기 쉬운 시기이다. 어른들의 잘못된 희망으로 학생들은 더 아픈 시간을 보내기도 한다. 그것이 가출의 동기가 될 수 있다. 가출의 끝에는 희망이 있으리라는 생각이 가출을 유혹한다.

대부분의 아이들은 다시 학교로 돌아온다. 세상이 그리 녹록하지 않음을 직접체험한 후에 가출한 것을 후회하며. 교사들은 다시 온 그들을 따뜻하게 품어 주는 길 밖에는 없는 것 같다.

보잘것없이 서투르기만 한 교사였다. 경험해 보지 못한 것들이라 당황하는 사건들이 이곳저곳에서 자주 터졌다. 그 오지에 가서 어떻게 버티겠느냐며 걱정해 주던 친구들이 있었다. 친구들의 말처럼 버티기 힘든 상황 속에서 길을 잃고 헤매곤 했다. 마치 아무런 표지도 없는 벌판 한가운데서 어디로 가야 할지 몰라 서성이고 있는 여행자와도 같은 시간들이었다. 사춘기의 방황 같기도 했다.

그때 그 아이는 지금 어느 곳에서 어떻게 살고 있는지 궁금하다. 제발 부모와 잘 지내기를 기도한다.

이제 아이들과 함께한 긴 여행도 끝이 났다. 이제는 마음의 안식을 누리면서 후회 없는 삶을 살다 가기를 바랄 뿐이다.

어느 스승의 날

몇 년 전 스승의 날 아침 택시를 타고 'ㄷ중학교'로 가자고 했다. 젊은 택시 기사님은 '선생님이시냐?'고 물었다. '그렇다.'고 답했더니 대뜸 '공부하지 않는 학생들 많지요. 관심 가지고 열심히 가르쳐 주세요.'라는 명령 같은 부탁을 했다. 나는 참 주제넘은 사람이라는 생각이 들었지만 "그래야지요." 하고 건성으로 대답을 하고 멀거니 앉아 첫여름이 흐르고 있는 창밖을 바라보았다. 택시 기사님은

"공부 잘하던 친구들이 대부분 성공했더라구요. 공부하지 않은 것이 지금은 너무나 후회가 됩니다. 그때 선생님들께서 조금만 관심을 갖고 때려서라도 공부를 시켰더라면 제가 이렇게 살지는 않을 겁니다. 어린 시절 세상 물정 모르고 꿈도 희망도 없고 왜 공부해야 되는지도 모르면서 허송세월한 것이 너무 후회가 되어서 선생님께 말씀드리는 것입니다."라고 말했다.

'그럴 수도 있겠구나.' 하는 생각이 들면서 존경하는 선생님이 없는 그분이 왠지 슬퍼 보였다.

그날 아침 학생들에게 카네이션을 받고 '스승의 은혜' 노래를 들

으면서 왜 그리도 쑥스럽고 부끄럽던지. 과연 나는 학생들에게 꿈과 희망을 주는 교사로서 존경받을 만한 스승인가 하는 생각이 들었다. 그리고 기사님의 말이 머리에서 떠나지를 않았다. 내가 가르친 학생 중에 혹시 그 기사님같이 된 학생은 없을까 하는 두려움이 가슴 한 구석에 아픔으로 다가왔다. 눈이 부실 정도로 찬란한 햇살이 비치는 날이었건만 마음은 비 오는 날처럼 우울하기만 하였다. 스승의 날 기념식이 끝나고 교무실에 들어오니 책상에 카드 한 장이 놓여 있다. 카드를 보면서 스승의 날 내가 카드를 몇 번 보냈던 중학교 1학년 때 국어 선생님이 생각났다.

그 선생님은 나에게 꿈과 희망을 주고 국어에 대한 자긍심을 갖게 해 주었으며 문학에 대한 관심을 갖도록 해 주셨다.

국어 첫 시간 나는 선생님을 존경하게 되었다. 당시에는 여자 선생님이 별로 없었던 때인 데다 당당하고 상냥한 그 선생님이 그렇게 훌륭해 보일 수가 없었다. 그리고 재미있는 수업이 내 마음을 사로잡았다. 그 시간 이후 국어 시간을 기다리게 되었다. 수업은 언제나 옛날이야기를 해 주는 것으로 시작하셨다. 읽을 만한 책도 귀하고 TV는 고사하고 라디오도 귀하던 그 시절, 옛날이야기를 듣는 것이 무엇보다 큰 즐거움이었다.

선생님이 나에게 특별히 관심을 가지거나 나에게 감명 깊은 말을 해 준 적은 없었다. 그냥 그 선생님 존재 자체가 호기심과 막연한 기다림으로 가득한 시골 소녀의 마음속에 들어와 선망의 대상이 되었다. '나도 저 선생님처럼 되면 얼마나 좋을까.' 하는 생각만으로도 가슴이 뛰었다. 어쩌면 내가 국어 선생님의 길을 걷게 된 것도 그 선생님의 영향이 아닌가 생각된다.

누군가에게 꿈과 희망을 줄 수 있는 사람이라면 진정 가치 있는 삶이 아니겠는가!

교사의 사명을 잊어버리고 학교와 학부모들의 기대에 부응하기 위해 성적 향상만을 목표로 교과서와 참고서만 넘나들지 않았던가! 입시 관문을 통과시키기 위해 학생들을 끊임없이 닦달해 온 재미없고 무능한 교사가 아니었던가 하는 자괴감과 두려움이 앞서곤 했다.

탈무드에 "고기를 주면 하루를 살지만 고기 잡는 방법을 가르쳐 주면 평생을 살 수 있다."는 말이 있다. 나는 과연 학생들에게 고기 잡는 방법을 제대로 가르쳐 준 선생님이었는지 알 수가 없다. 일생 동안 두고두고 마음에 새겨 인생의 좌우명이 되고 삶에 영향을 주며 자신을 채찍질하는 것은 교과서와 참고서가 아니라 세상을 살아가는 방법이었음을 경험으로 알고 있으면서도 그것을 학생들에게 제대로 가르쳐 주지 못한 것이 또한 후회가 되었다.

참된 스승은 학생들이 꿈과 희망을 가득 안고 미래를 향해 줄기차게 뻗어가게 앞을 밝히는 사람이 아니겠는가! 과연 나는 그런 학생을 키우기 위해 최선을 다했는지 곰곰 생각해 본다. 교직을 떠나고 보니 왜 이렇게 아쉬움이 남는지 모르겠다. 현직에 있을 때 좀 더 잘할 것을, 좀 더 따뜻하게 대해 주고, 좀 더 사랑해 줄 것을, 좀 더 껴

안아 줄 것을, 좀 더 손을 잡아 줄 것을, 좀 더 참아 줄 것을, 그들이 가슴에 품고 있는 생각들을 살피고 격려해 줄 것을, 외로운 학생의 따뜻한 벗이 되어 줄 것을…….

온통 아쉬움뿐이다.

해마다 스승의 날이 되면 그 운전기사의 말이 떠올라 나 자신을 반성해 보곤 하였다.

36세의 중학생

36세의 신입생이 중학교 1학년에 입학하였다. 학교는 전에 없던 사건에 어리둥절할 수밖에 없었다. 대부분의 선생님들은 젊은 분들 이었기에 어떻게 해야 할지 몰라 난감해 했다. 나보다도 나이가 많았다. 그래도 내가 선생님 중에 연장자라 명에 의해 담임을 맡았다.

그분은 초등학교를 졸업하고 곧바로 공장에 취직을 하여 어려운 가정을 도울 수밖에 없었다. 10여 년 이상 직장 생활을 하다가 목사님과 결혼을 하고 아이 둘을 낳아 기르다가 현재 근무지인 k면으로 이사를 오게 되었다. 교회가 중학교 옆이었다. 아마도 그것이 중학교 입학의 가장 큰 계기가 되지 않았나 싶다. 등하교 시간이 필요 없으니 그럴 만도 했다.

그러나 중학교 생활을 하기엔 최악의 조건을 가지고 있었다. 우선 어린 두 아이의 엄마였고 목사님의 부인이라 교회 일이 너무 많았다. 1인 3역, 아니 1인 5역이었다. 선생님들 모두는 어려울 것이라며 혀를 내둘렀다.

무엇보다 그분이 중학교에 입학한다고 했을 때 교회 신도들의 반대가 심상치 않았다. 자신들이 존경하는 사모님이 자기들의 자녀들과 한 반에서 공부를 하다니 말이 되지 않는다며 강경하게 반대를 했다. 신도들로서는 이해할 수 없는 일이었다. 목사님의 끈질긴 설득과 노력으로 그분들을 이해시켰다.

이후 그분은 별 탈 없이 학교생활을 하였다. 반 아이들은 모두 그분을 따랐다. 담임이라 해도 하루 두어 시간 수업 정도로는 반 아이들의 이모저모를 다 알 수가 없다. 그러나 그분은 아이들의 모든 상황을 시시콜콜히 모르는 게 없었다. 담임 말은 안 들어도 그분 말은 들었다. 그분과 아이들은 유대감이 매우 강하였다. 담임에게 말 못하는 고민과 가정사까지 그분에게는 다 말해 주었다. 반 아이들은 그분을 중심으로 똘똘 뭉쳤다. 나 역시 그분을 통해 아이들의 애로사항을 샅샅이 알게 되어 생활지도에 많은 도움이 되었다.

월말고사 시험을 보았다. 처음 시험은 상위권에 들었다. 그러나 시간이 지나면서 상위권에서 점점 밀리기 시작하였다. 당연한 일이었다. 수업 시간에 졸리는 잠을 쫓기 위해 주먹으로 머리를 때리는 것을 자주 보게 되었다. 세상에서 가장 무거운 것이 졸리는 눈꺼풀이라 쫓아오는 잠을 물리치지 못하고 책상에 머리를 대는 경우를 가끔 보게 되었다. 그걸 보며 또 마음이 시렸다.

그분의 하루 일과는 거의 살인적이었다. 새벽 4시에 기상하여 예배당 종을 치는 것을 시작으로, 새벽 예배를 보고, 신도들을 챙기고, 남편과 아이들 밥 챙기고, 8시 학교 등교, 오후 3시까지 본수업과 보충수업을 하고, 자율학습까지 하면 거의 5시가 넘어야 하교를 할 수 있었다. 그리고 저녁 챙기고, 밀려 있는 집안일에 청소, 빨래, 학교 숙제 끝내면 12시가 넘어야 잠자리에 든다는 것이다. 잘 버텨야 하루 이틀이지 매일 반복되는 것은 사람을 악몽으로 모는 것이나 다름없었다. 인간의 한계를 넘어선 것이라는 생각이 들었다. 그러니 수업 시간에 조는 것은 당연한 것일 수밖에.

하루 일과가 너무 힘들고 아이들도 보살펴야 할 것 같고 해서 본 수업만 하고 보충수업과 자율학습은 제외시켰다. 본인은 모든 시간을 학생들과 같이 소화하겠노라고 우겼지만 그렇게 하는 것이 좋겠다고 계속 설득을 하여 승낙을 받았다.

2학년으로 진급하자 학습의 강도는 더욱 강해졌다. 시간이 갈수록 그분은 지쳐 가는 것 같았다. 그분의 아들들이 학교에 와서 운동장을 배회하는 것을 자주 보고 안쓰러운 생각이 들었다. 하루는 안타까운 마음에 따로 불러서 조심스럽게 물었다.

"꼭 이렇게까지 해서 공부를 해야 하겠습니까?" 하고.

"선생님, 제가 요새 얼마나 행복한지 아세요. 몸은 비록 힘들지만 모르던 것을 하나하나 배워 가는 것이 그렇게 신기할 수가 없어요. 전 지금 제 인생 최고의 시간을 보내고 있어요. 배우는 것이 이렇게 행복한 것인 줄 몰랐어요."

'아이구야.' 망치로 머리를 한 대 얻어맞은 것 같았다. 담임인 내가 그렇게 학생의 마음을 몰랐다니 부끄러워 견딜 수가 없었다. 그분은 나 자신을 참 부끄럽고 한심한 선생으로 생각하게 만들었다. 그분은 덧붙였다. 고등학교도 정식 코스로 갈 것이라고. 내가 불가능하다고 믿는 것을 그분은 현실로 만들고 있었다.

그러던 중 내가 건강에 문제가 생겨 수술을 받고 한 달 동안 입원을 하게 되었다. 담임반 아이들과 국어 시간이 걱정이었다. 학년이 끝나기 전에 교과서 진도를 끝내 주어야 하는데 걱정이 이만저만이 아니었다. 해결할 수 없는 고민을 하고 있는데 그분이 학급 반장과 몇 명의 아이들을 데리고 문병을 왔다. 꿈에도 생각 못할 일이었다. 어떻게 그 시골에서 서울까지, 더구나 우리 반 학생들 아무 문제 없이 공부 잘하고 있으니 걱정 말고 편안히 지내다 오라는 말까지 해서 나를 안심시켜 주고 떠났다. 정말 절이라도 하고 싶은 심정이었다. 그분이 아니었으면 어림없는 일이었다.

얼마 후 나는 다른 학교로 전근을 가게 되었고 그 아이들은 1년 후에 졸업을 하였다. 졸업하는 것을 보지 못한 것이 못내 아쉬웠다. 그분으로부터 편지가 왔다. 방송통신고등학교에 입학했다는 것과 대학원까지 꼭 공부를 하겠노라고. 선생님께 부끄럽지 않은 훌륭한 제자가 되기 위해 열심히 노력하겠노라는 내용이었다. 눈앞이 뿌옇게 흐려졌다.

배우는 데 나이는 아무 상관이 없다. 나이와 관계없이 끊임없이 배우고 자신의 삶을 개척하는 자만이 제대로 된 삶을 사는 것이라고 본다.

인생에서 늦은 때란 없다. 50이 넘어 화가가 된 사람도 있고 70이 넘어 시인이 된 사람도 있다. 포기하지 않는 한 늦은 때란 없다. 인생은 더 나은 사람이 되기 위해 노력하는 과정이라고 한다. 36세의 중학생처럼. 어차피 인생은 미완성이니 노력한 만큼만 완성되는 것이 아닌가.

40년 저편의 이야기지만 뚜렷하게 기억에 남는 분이다. 그분은 나의 제자가 아니라 나의 스승이었다. 인간은 무한한 가능성이 있는 존재라는 것과 겸손해야 함을, 그리고 열정적이고 끝없는 학구열을 내게 가르쳐 준 분이다. 아마도 대학원을 졸업하고 모든 신도들로부터 존경받는 분으로 세상을 밝히는 등불로 살아갈 것이다. 단 한 번만이라도 보고 싶은 분이다. 만나서 그동안 살아온 진솔한 이야기를 듣고 싶다.

애완동물

"엄마야~."

비명 소리와 함께 학생 몇 명이 걸상 위로 올라갔다. 판서를 하다 놀라 뒤돌아보는 순간 쥐 한 마리가 나한테로 쏜살같이 달려오는 것이 아닌가. 반사적으로 쥐를 발로 걷어찼다. 쥐는 벽에 부딪혀 죽고 말았다. 순식간에 일어난 사건이었다. 아이들은 소리를 지르고 난리가 났다. 교실 안은 순식간에 아수라장이 되고 말았다. 놀란 학생들을 진정시킨 후에 쥐를 쓰레기통에 버리고 아무 일 없다는 듯이 다시 수업을 전개하였다. 당시에는 가끔 쥐가 나타나서 수업을 망치는 경우가 있었기 때문에 대수롭지 않게 생각하였다. 그런데 문제는 다음 날 터졌다.

'K 선생님이 학생의 애완용 햄스터를 발로 밟아 죽였다.'는 소문이 돌았다.

사건이 일어난 반 학생을 불러 자세히 알아보니 내가 죽인 것은 쥐가 아니라 애완용 햄스터라는 것이었다. 햄스터가 너무 사랑스러워 학교에 가지고 왔는데 이놈이 수업 시간에 가방에서 빠져나와 돌아다니는 바람에 이런 끔찍한 일이 터지고 만 것이다.

꼴이 말이 아니었다. 분명히 쥐를 죽였는데 학생의 애완용 햄스터라니…. 나는 슬퍼하는 아이를 위해 긴 변명을 할 수밖에 없었다.

다음 날 마트에 갔다. 그곳에 햄스터를 파는 곳이 있었다. 유리 상자 안에서 작은 물레방아를 돌리며 놀고 있는 햄스터가 참 귀여웠다. 이처럼 예쁜 햄스터를 내가 죽였다는 것이 도무지 믿어지지 않았다. 햄스터를 사서 이튿날 그 아이에게 주면서 애완동물을 키우는 것까지는 좋은데 수업에 방해가 되는 것은 예의가 아니라고 타일러서 보냈다.

며칠 후 아침 자율학습 시간에 교실에 들어갔다. 자리에 앉아 공부를 해야 할 학생들이 자기 자리에 앉아 있지 않고 빙 둘러서서 한참 떠들고 있었다. 나를 보자 후다닥 자기 자리로 돌아가는 학생들이 수상해서 무슨 일 있느냐고 물었지만 학생들은 시치미를 떼고 아무도 말을 해 주지 않았다. 뭔가 있는데 수상했다. 나는 앞줄에서부터 학생들을 관찰하며 뒤로 가는데 어디선가 강아지 울음소리가 들렸다. 조용하던 교실은 순식간에 폭소가 터지고 학생들은 책상을 치며 난리를 피웠다.

"자, 강아지 주인은 앞으로 나와라."

강아지 주인은 풀이 죽은 채로 강아지를 가슴에 꼭 껴안고 나왔다. 털이 눈처럼 하얗고 눈이 반짝이는 아주 귀엽고 앙증맞은 강아지였다.

"강아지 집에다 갖다 놓고 다시 학교에 와라."

녀석은 "선생님, 집에 아무도 없어서 데려왔는데 오늘만 데리고 있으면 안 될까요?" 하고 애원을 하였다.

다른 학생들도 그렇게 해 달라고 아우성을 쳤다.

"너, 햄스터 이야기 알고 있니?" 하자 그 녀석은 불맞은 강아지처럼 교실을 뛰어나갔다. 자신의 강아지도 햄스터처럼 될까 봐 도망을 치다시피 교문 밖으로 줄행랑을 놓았다.

동물을 지극히 사랑하는 귀여운 말썽쟁이들이 학교에까지 애완동물을 가져와 수업 분위기를 엉망으로 만들다니. 참 맹랑한 녀석들이다. 학교에 애완동물 보관소라도 있으면 좋겠다는 생각을 해 보았다.

우리나라에 애완동물을 키우는 인구가 천만 명을 넘었다고 한다. 자녀를 분가시킨 노인 세대와 결혼을 늦추고 출산을 미루는 젊은 전문직 종사자들을 중심으로 급격하게 늘고 있다. 지금은 애완동물이라기보다는 인간과 함께 한다는 뜻에서 반려동물이라고까지 부르고 있다.

미국애완산업협회에 따르면 지난해 미국인들이 키우는 애완동물은 8천 만 마리에 이르고 키우는 데 쓰인 돈은 60억 달러나 된다는 보고다. 우리나라 애완동물 시장도 급성장하여 2010년에 1조 원 대에서 2012년에는 1조 8천억 원까지 커졌다는 믿을 수 없는 통계자료가 나오고 있다. 2020년이 되면 6조 원 시장이 될 것이라고 관련업계는 내다보고 있다.

애완동물의 장난감, 소품, 사료 등은 점점 고급화되어 가고 있다. 앞으로 유망 직종으로 전망되고 있으며 애완산업에 대한 관심과 투자도 높아지고 있다.

사람이 먹어도 될 만한 고급 사료는 물론 사람과 동물이 소통할 수 있는 첨단 기기와 고가의 애완 전용 장난감까지 등장하고 있으니 그저 어안이 벙벙할 뿐이다. 애완동물을 키우는 사람이 많을수록 애완동물과 관련된 산업은 계속 진화하고 발전될 것이다.

더욱 놀라운 것은 견공만을 위해 24시간 방송되는 '도그 티비' 채널도 등장했다. 2012년 이스라엘에서 시작한 '도그 텔레비전'은 미국에서도 방송되고 있으며, 한국에서도 2013년부터 '도그 TV' 및 '스카이 펫파아크' 두 개의 채널에서 반려동물 프로그램을 진행하고 있다. '개가 보는 방송, 개를 위한 방송'인 것이다. 한국의 지상파에 출연하는 예능견들과는 달리 해피독에서는 평범하게 사랑받고 자라는 강아지가 주연이라고 한다. 몇 년 전에 엘지유플러스에서 밖에서 집안을 보는 홈 CCTV 서비스 맘카를 내놓자 반려견을 키우는 많은 직장인들이 이 서비스를 신청했다고 한다. 애완동물 카페는 수없이 많으며 애완동물 장례식도 치러 주는 상황이 되었다.

핵가족화에 따른 외로움과 출산율의 저하, 메말라 가는 인간성, 물질 만능 주의의 만연, 동물은 사람을 절대 배신하지 않는다는 속설과 함께 점점 더 애완동물을 찾는 것이 아닐까.

사람과 동물의 정저석인 교감을 통해 어울리는 효과를 의료 분야에 활용하는 동물매개요법이라는 것도 있다. 이것은 장애자들의 심신 회복에 동기를 부여하며 그들의 재활 또는 일상생활을 도와주고 개선하는 데 큰 역할을 한다는 주장이다. 동물들을 기르면서 얻는 기쁨이 돈으로 얻을 수 있는 기쁨보다 적다고 할 수 없다. 애완동물로 인하여 스트레스를 해소하고 삶의 원동력을 얻고 우울증까지 극복했다는 보고와 함께 애완동물로 인하여 인간의 정서 및 육체적인 건강도 함께 도모할 수 있다는 견해가 지배적이다. 동물을 가족으로서 반려자로서 또는 사회의 일원으로서 받아들이고, 사람과 동물이 어울림으로 인하여 인간의 삶이 행복하고 풍요로울 수 있다면 참으로 바람직한 현상이라고 본다.

지나친 동물 사랑으로 타인에게 피해를 주는 일이 없이 모두가 행복할 수 있다면 그보다 더 좋은 일은 없으리라.

무상 無常

K는 인생의 아침나절 돌아올 수 없는 먼 길을 떠났다. 비가 내리고 천둥이 무섭게 치던 어느 해 여름 방학 때의 일이다. 이후 비가 내리고 천둥이 치는 날에는 그가 생각이 나서 가슴을 앓기도 한다.

처음 K를 만난 곳은 교회였고 나만이 아니라 학생부 친구들 모두의 선망의 대상이었다. 큰 눈과 애수를 담은 눈빛을 볼 때마다 가슴이 뛰곤 하여 교회에 가면 그를 먼저 찾았다. 무슨 머스마가 왜 그리 피부가 하얀지 이상하기도 했다. 무언가 생각하는 것 같기도 하고 침울해 보이기도 하고 표현할 수 없는 신비스런 분위기를 풍겼다. 꼭 『좁은 문』의 주인공 '제롬'을 연상시켰다. 나에게는 신기루 같은 존재였다. K는 손가락이 가늘고 길었다. 신들린 듯 피아노 건반을 두드리는 피아니스트의 손을 연상하게 했다. 그것을 보면 괜스레 서럽다는 기분이 들곤 했다. 쓸쓸해하는 모습을 보면서 부럽기도 하고, 슬프기도 하고, 묘한 감정이었다.

K가 무슨 병이었는지 기억이 나지 않으나, 병원의 하얀 침대 위에서 환자복을 입고 있는 모습을 보고 부러운 생각이 스치기도 했다.

병원이라고는 가본 적이 없는 나에게 병원에서 친구들의 위문을 받고 조용히 웃는 모습이 영화의 한 장면 같아 멋져 보였기 때문이다. 그와는 친한 사이가 아니었으나 수련회에 가서는 호흡이 잘 맞았다. 퀴즈 대회에서 한 팀이 되어 우승을 하는 바람에 어깨를 잡고 폴짝폴짝 뛰기도 하였고 그럴듯하게 기도를 잘하는 나를 눈여겨보고 칭찬도 해 주었다. 그리고 한용운의 시집 『님의 침묵』을 빌려준 적도 있었다. 하지만 그것뿐이었다. 더 이상의 일은 일어나지 않았고 그는 영원히 우리 곁을 떠났다.

아쉬운 작별이었다. K는 겨우 17살밖에 되지 않았다. '오 헨리'의 「마지막 잎새」에서처럼 담쟁이 잎이라도 그려 주었더라면 살 수 있었을까. 그렇게라도 해서 다시 살 수만 있다면 못할 것이 없을 것 같았다. 그의 죽음은 슬픈 영화의 비극적 결말처럼 여운이 오랫동안 가슴을 아리게 했다. 「초혼」을 낭송하며 소월의 시심을 조금이나마 알 수 있을 것 같았다. 그러면서도 나와는 아무 상관이 없는 사람이라며 애써 외면한 채 며칠 동안 거리를 쏘다녔다. 교회 주변을 빙빙 돌다가 마을 뒷산에 올라 교회 옆 목사관을 한참이나 바라다보기도 하고 제방 둑을 터덜터덜 걷다가 하늘이 붉게 물든 황혼녘에야 집으로 돌아오기도 했다. 입안이 깔깔하여 밥맛이 없었다. 걱정하는 어머니를 외면하며 아무 말도 하지 않았다.

K의 영혼은 하나님께로 돌아가서 건강하게 잘 살 것이라는 목사님의 말이 나를 더 먹먹하게 했고, 그가 목사님 아들이었다는 것이

더욱 혼란스러웠다. 하나님의 목자이신 목사님의 아들을 왜 그렇게 빨리 데려가셨는지 이해가 되지 않았다. 그러면서도 그가 죽었다는 것은 또 다른 세계로의 먼 여행, 신에게로 가는 것이며 새로운 세계로 떠났다고 믿었다.

그때부터 학교 도서관에 처박혀 책을 읽기 시작했다. 세계문학이든 한국문학이든 닥치는 대로 읽으며 소리 없이 흐느꼈다. 가슴을 앓으며 내 인생 최초로 나와의 대화를 하게 되었다. 삶과 사랑과 죽음이 무엇인가를. 그리고 사랑은 아름답고 황홀한 것이 아니라 슬픈 것이라는 것도 알게 되고, 사람은 죽을 수밖에 없는 존재이며 그것을 자연스럽게 받아들여야 한다는 것도 알게 되었다.

아픈 짝사랑이었지만 처음으로 나에게 많은 것을 생각하게 해 준 사건이었다. '아우렐리우스'의 『명상록』을 배우면서 스님이나 수녀가 되어야겠다는 생각을 그 시절에 해 보았다.

'겨울이 지나면 봄이 오듯이 죽음 역시 삶의 한 과정이니 즐거이 받아들여야 한다.'는 선생님의 말씀이 서러운 마음을 다독여 주었다. 그러고 나서 그의 죽음을 자연스럽게 받아들이고 슬퍼하지 않기로 하였다. 그때는 길게만 느껴졌던 그 시간들이 돌이켜 보면 아주 짧은 시간이었고, 내 인생에서 가장 우울했지만 성장을 한 시간이었다. 세월이 한바탕 꿈처럼 흘러 이순의 나이를 넘어섰다. 흐르는 세월은 나에게 주어진 모든 것들을 추억 속으로 사라지게 만들었다.

사람이 이 세상에 태어나는 것도 저세상으로 가는 것도 신의 선택이라고 한다. 그렇다면 내가 이 세상에 온 이유는 무엇이며 그 아이가 그렇게 일찍 저세상으로 간 이유는 무엇인지 난 아직 알지 못하고 있다.

나에게 주어진 시간이 얼마나 될지 알 수 없지만 가야 할 때가 되면 기쁘게 가야겠다고 스스로에게 다짐해 본다.

5월의 추억

5월의 햇살이 눈부시게 찬란하고 풀냄새가 향수보다 더 향기로운 계절이다. 산과 들이 하루가 다르게 푸르러 가고 있다. 신의 조화가 아니고는 이처럼 싱그러운 생명력을 자아낼 수 없을 것 같다. 초록색 바람이 들판을 가로질러와 지친 마음을 씻어주고 있다. 이처럼 생명이 살아 숨 쉬는 계절의 여왕 앞에 나는 경건해질 수밖에 없다.

어느 시인은 '5월은 계절의 여왕'이라 했지만, 나의 5월은 만남과 이별의 달이라 할 수 있다.

대학을 졸업하던 해 첫여름이 시작되는 5월 초순 강화도에 있는 K중학교에 임시교사로 부임을 했다. 발령 대기 중에 거절할 수 없는 선배의 부탁으로 한 달간 근무하게 된 것이다.

한 번도 가 보지 못한 낯선 강화도로 가기 위해 서울 마장동에서 시외버스를 탔다. 강화도에 가서 물어물어 면 소재지에 있는 학교를 찾았다. 전형적인 시골의 자그마한 중학교였다. 학교 담장에는 줄을 지어 심어 놓은 싸리나무에 하얀 꽃이 다닥다닥 피어 있고 불두화와 빠알간 영산홍이 흐드러지게 피어 있었다. 찬란한 봄이었다.

처음 만난 아이들은 티 없이 맑았으며 나에 대한 호기심으로 가득 찬 표정들이었다. 그 아이들과 한 달을 지낼 것을 생각하니 가슴이 설레었다.

학교 뒤에 있는 농가에서 하숙을 하였는데 그 집 아이가 우리 반 학생이어서 지내기가 수월하였다. 내 교무실 책상 위에는 누가 가져다 놓았는지 이름 모를 꽃들이 꽂혀 있었다. 심성이 고운 아이들이었다. 그것이 고마워서 코끝이 찡해지기도 했다.

하숙집 내 방문 앞에 있는 살구나무 가지에 이름 모를 새들이 가끔씩 날아와 무심히 놀다 가곤 하였다. 텃새인지 철새인지는 알 수 없었지만 아주 작은 새였다.

아는 사람 한 명도 없는 그곳에서 나는 아이들과 함께 푸른 풀을 밟으며 산과 들을 쏘다녔다. 주말이면 나물도 뜯고 학교 뒤에 있는 군부대에 올라가서 바다 너머로 보이는 북한 땅을 신기하게 바라보기도 했다. 꽃바람이 불고 지나간 산과 들은 하루가 다르게 녹색으로 물들어 갔다. 서쪽 하늘에 노을이 붉게 물들면 막연한 그리움이 가슴 가득 고여 오곤 했다. 황홀한 낙조는 알 수 없는 외로움을 가져다주었다.

천사처럼 고운 아이들과 지내면서 섬에서의 5월은 시간 가는 줄 모르게 흘러갔다. 뻐꾸기가 울고 아카시아 꽃향기가 번져가던 오월의 마지막 날 충청도 산골 H중학교로 정식 발령을 받았다.

이즈음 나는 오랫동안 사귀던 남자와 이별을 하였다. 그는 외국으로 떠나며 함께 가자고 하였지만 나는 갈 수가 없었다. 나에게 주어진 모든 것을 버리고 전혀 다른 세상으로 간다는 것은 용기가 필요했지만 나는 용기 있는 사람이 아니었다. 부모형제 마음대로 볼 수 없는 먼 곳에 그 사람 하나 믿고 떠난다는 게 엄두가 나지 않았다. 그도 나도 원하지 않는 이별이었다.

그는 몇 차례 시골 학교로 찾아왔지만 나를 설득하지 못했다. 나역시 '여기에 남으라'고 그를 설득하지 못했다. 두고 가는 사람도, 떠나지 못하는 사람도 모두가 상처 입기는 마찬가지였다. 그가 떠난 5월의 하늘은 싸늘하기만 하였다. 두견새 울음소리를 들으며 잠이 드는 밤은 더욱 외로웠다. 때로는 그에 대한 그리움이 밀려오긴 했지만 사무치게 그리운 것은 아니었다. 참을 수 있을 만큼만 아팠다. 방황은 했지만 그리 오래가지는 않았다.

5월!

이별하기엔 너무 아름다운 계절이었다. 행복했던 날들의 기억을 위해서 슬퍼하지 않기로 결심했다. 가슴 절이는 절절한 사랑은 아니었지만 함께 있음으로 즐겁고 가슴이 따뜻해지는 만남이었다. 음악이 흐르는 곳에서 커피도 마시고 함께 식사도 하고 서로의 꿈에 대한 이야기도 하면서 보낸 날들을 추억으로 남겨 두기로 했다.

그를 나에게 소개해 주었던 오빠는 그와 함께 떠나지 않은 나를 이해하지 못했다. 다른 여자와 함께 외국으로 떠난 그를 나보다 더 아쉬워하고 더 아파했다.

그해 5월은 오랫동안 사귀던 사람과 이별을 하고 서울에서 강화도로, 다시 충청도 산촌으로 옮겨 다녔던 인생의 전환기였다. 아마 강화도의 K중학교 학생들과의 이별의 아쉬움과 다시 발령받은 학교 학생들과의 만남이 이별의 아픔을 무디게 했을지도 모르겠다. 그리워할 사람을 그리워할 마음의 여유도 시간적 여유도 없었던 것 같다.

　그는 미지의 세계로 꿈을 향해 떠나고 나는 이곳에 남아 새로운 아이들과 만나면서 바쁜 일상을 시작하였다. 학교 운동장, 교실, 교무실을 서성이며 문득문득 떠오르는 그의 모습을 지워 갔다.

　청아한 아이들의 웃음소리로 시작되는 학교는 가끔 안개에 휩싸이곤 하였다. 그럴 때면 그가 안개 속에서 걸어 나올 것만 같은 착각에 빠지곤 했다. 언제부터인가 아이들 웃음소리가 그의 목소리보다 더 크게 들리며 그는 나에게서 시나브로 잊혀져 갔다.

　이듬해 5월 나는 지금의 남편을 만났다. 그는 나에게 조심스럽게 다가왔다. 어떻게 알았는지 나의 아픔을 알고도 나에게 손을 내밀었다. 자신도 아픈 경험이 있노라고 위로해 주기도 했다. 시간이 흐를수록 닫혔던 나의 마음도 열리고 인내를 가지고 언제까지나 기다려 주겠다는 달콤한 말에 현혹되어 결국 그의 청혼을 받아들였다.

　인생은 사람을 만나고 헤어지며 완성되어 가는 것, 그리고 그 추억과 안타까움을 안고 살아가는 것이 삶 자체가 아니던가!

　그때 내가 그를 따라 머나먼 나라로 갔다면 내 인생은 어떻게 달라졌을지 자못 궁금하다 . 인간은 누구나 가 보지 않은 길에 대한 미련과 아쉬움을 가진 존재라고 하는데 나 역시 예외가 아닌가 보다.

만남과 결별의 달 오월이 흘러가고 있다. 세월은 그렇게 흘러 이순을 넘어가지만, 그와의 따뜻한 추억은 가슴 한구석에 그리움으로 남아 있다. 지나간 과거는 언제나 한결같이 아련하고 안타까운 미련을 남기는가 보다. 그와의 따뜻했던 추억들을 소중한 인연으로 간직하며 찬란한 5월을 보낸다.

편지

기차가 승강장 안으로 서서히 들어섰다. 수많은 사람들이 밀고 당기며 급류에 떠밀리듯이 밀려 기차 안으로 빨려 들어간다. 급히 달려온 승객들이 문이 닫힐세라 황급히 뛰어든다. 1분 1초가 급박한 아침 출근 시간이다.

기차로 등교를 하는 대학원생 정인은 서둘러 기차를 타다가 지갑을 떨어뜨린다. 출발하는 기차를 간발의 차로 간신히 잡아 탄 환유는 정인이 떨어뜨린 지갑을 주워 주인에게 돌려줌으로써 두 사람의 사랑은 시작된다. 그들은 환유가 일하는 수목원 관사에 보금자리를 꾸미고 달콤한 신혼의 꿈을 이어간다.

행복은 불행과 같이 온다고 했던가. 어느 날 갑자기 수채화같이 아름다운 이들의 삶에 불행의 그림자가 드리워진다. 환유가 악성 뇌종양으로 사경을 헤매게 되자 얼마 남지 않은 자신의 생을 아내에게 편지를 쓰는 것으로 살아간다. 야속한 시간은 빠르게 흐르고 환유는 다시는 돌아올 수 없는 먼 길을 가고 만다. 사랑하는 사람을 잃은 슬픔에 빠져 절망에서 헤어나지 못하던 정인이 환유의 뒤를 따르려고 할 때 편지 한 통이 날아든다. 그 편지는 생을 마감하려던 정인에게 새로운 삶을 선물한다. 죽음을 앞에 두고 사랑하는 여인에게 편지를 쓰는 남자의 애달픈 그 심정을 나로서는 상상할 수가 없다. 눈물, 콧물 다 흘리며 본 아름답고 감동적인 영화「편지」였다.

고등학교 때 현진건의 소설「B사감과 러브레터」를 읽고 박장대소한 적이 있었다. C학교의 교원 겸 사감舍監인 B여사는 사십에 가까운 노처녀로 기숙생들에게 온 남학생의 러브레터를 가장 싫어했다. 사내란 믿지 못할 마귀이며 연애가 자유라는 것도 마귀의 소리라고 억지를 늘어놓기 일쑤였다. 그러던 그녀가 학생에게 온 러브레터를 품에 안고 남녀가 사랑을 고백하는 장면을 연출하다 학생들에게 들키고 말았다.

B사감은 겉으로는 본능을 감추고 남자를 기피하고 혐오하는 것처럼 보이지만, 사실은 이성을 갈구하는 성적性的 심리를 가지고 있다. 이러한 이중적인 면 때문에 학생들의 놀림감이 되었다.

인간의 이중적인 성격에 대한 조롱과 연민이라는 주제를 해학적으로 풀어낸 소설「B사감과 러브레터」는 모순과 부조리로 가득 찬 현대 사회를 비판한다. 일제 강점기의 교육제도에 대한 비판, 노처녀의 열등감과 고독감 등이 얽힌 심리적 변화를 매우 사실적으로 묘사하고 있다.

편지 하면 소설『젊은 베르테르의 슬픔』에서 '베르테르'가 '롯데'에게 보낸 내용이 제일 먼저 머리에 떠오른다. 죽음 직전에 '롯데'에게 보내는 '베르테르'의 마지막 편지는 그 어떤 내용의 편지보다 절절하고, 사랑하는 사람을 떠나야만 하는 연인의 애절한 마음이 고스란히 담겨 있다. 죽음을 결심했다는 것과 모든 것을 참고 견디다가 당신을 위해 이 목숨을 희생하겠다는 것, 그리고 나를 기억해 달라는 것. 격정적이고 비장한 내용의 편지였다.

영화 「메디슨카운트의 다리」에서 '프란체스카'에게 보낸 유언으로 쓴 '로버트'의 편지만큼 가슴을 아프게 하는 편지는 아직까지 보도 듣도 못했다. 눈물을 철철 흘리며 울음을 삼키며 영화를 보았다. 눈물 때문에 화면이 자꾸 흐려졌다. 중년 남녀의 애절하고도 슬픈 사랑 이야기도 절절하지만 절제된 사랑이 더욱 가슴을 먹먹하게 했다. 외로운 가슴을 안고 사랑을 잊기 위해 세상을 떠도는 외로운 남자가 슬픔으로 다가왔다. 세상에 이런 사랑이 또 있을까 싶다. 몇 번이나 이 영화를 보았지만 볼 때마다 울음을 삼켜야 했다. 지워지지 않는 영상으로 내 가슴에 영원히 남아 있는 영화이다. 평생 잊히지 않는 사랑은 첫사랑이라고 하는데 이루어지지 못한 사랑이 아닐까 싶다. 아픈 이별이 더 아름답기에.

사람이 죽어가면서 사랑하는 사람에게 쓰는 편지만큼 처절하고 진실하고 애절한 것이 또 있을까. 이 세상에 오직 한 사람에게 자신의 모든 것을 맡기는 애달픈 사연이야말로 가슴을 절이게 한다.

스승의 날을 전후하여 주체할 수 없이 쌓였던 편지들이 어느 해부터인가 슬금슬금 사라지기 시작하더니, 언젠가부터는 단 한 통도 없는 일이 되고 말았다. 손편지를 받아 본 적도 오래 되었다. 손편지를 쓴 적도 까마득하다. 손편지가 그립다. 찢었다가 다시 쓰고 지우고 다시 쓰기를 되풀이한 그런 편지가 그립다. '편지'라는 노래를 흥얼거려 본다.

'하얀 종이 위에 곱게 써 내려간 너의 진실 알아내곤 난 그만 울어 버렸네.'

나는 이 가사가 눈물이 나게 아름답다. 무엇인지 모를 그리움 같은 것이 가슴에 쏴아 하고 밀려온다. 손편지를 받으면 가슴에 따뜻한 온기가 느껴지기도 하고 가슴이 뛰기도 한다. 손편지 속에는 글쓴이의 향취가 있어 읽는 사람의 마음을 움직이기도 한다.

무엇보다 빠른 속도를 강조하는 LTE 시대다. 빠른 속도를 신처럼 믿고 있는 시대임에도 불구하고 손수 쓰고, 손수 우체국에 가서 부치고, 사나흘을 걸려서 받아볼 수 있는 그런 편지가 그립다. 편지 한 통으로 사랑을 전하고, 생명을 살리고, 무엇인가 아련히 기다리는 행복을 맛볼 수 있는 그런 편지면 참 좋겠다.

사라져가는 것이 어디 편지뿐이랴! 통신수단의 발달로 전화나 핸드폰, 이메일 등으로 간단히 전달하는 참 좋은 세상이 되었다. 그런데도 좀 느리게 갔으면 하는 아쉬움이 남는다.

눈길에서

그해 겨울 중부지방은 눈이 많이 내렸다.

그 겨울날 나와 남편은 서울에서 청주로 내려오는데 눈 때문에 길이 막혀 13시간 동안 지옥 같은 시간을 보내야만 했다. 출발할 때만 해도 눈은 조금씩 흩날렸다. 용인쯤 오니 차의 속도가 점점 느려지기 시작하더니 얼마 가지 않아 거의 움직이지 않았다. 한 시간, 두 시간…, 도로는 완전히 주차장이 되어 갔다. 출발한 지 5시간이 넘어가고 있었다. 목적지는 멀기만 하고 차는 거북이 걸음이었다. 여기저기서 비틀거리다가 주저앉는 차량들이 속속 늘어났다. 차에서 나와 밀고 끌고 그야말로 아수라장이었다. 무슨 도로가 눈이 왔다고 이렇게 되는지 도저히 이해가 가지 않았다. 겨울은 밤이 일찍 찾아왔다. 헤드라이트를 켠 차량들이 길게 이어졌다. 도로 전체가 불바다였다. 눈은 내려 쌓이고 쌓여 길인지 밭인지 구별이 되지 않았다. 눈은 세상의 모든 경계를 다 지우고 있었다.

이렇게 시간이 흐르다가 기름이라도 떨어지면 어떻게 하나 하는 불안이 엄습해 왔다. 기름 아끼려고 시동을 끄면 추워서 견딜 수가 없었다. 누군가 이 상황을 해결해 주겠거니 하고 기다렸지만 불행하게도 그런 일은 일어나지 않았다.

무엇보다 큰 문제는 생리현상을 해결하는 것이었다. 한두 시간은 참았다. 휴게소가 나오겠지 하며 또 참았다. 세 시간 네 시간 참다 보니 오줌이 목에까지 올라와 역한 냄새가 났다. 온몸이 팽팽해지는 느낌이었다. 이러다간 모든 내장이 파열될 것 같은 공포가 밀려왔다. 오슬오슬 춥더니 몸이 떨리기 시작했다. 참을 수가 없는 것, 참아서는 안 되는 것이 있다는 것을 알았다. 그 많은 휴게소는 어디에 있는지 가늠할 수가 없었다. 눈은 내려 쌓이고 어디가 어디인지 분간할 수 없는 길에 자동차의 불빛은 왜 그리도 밝은지 보통 때는 어둡다고 생각한 헤드라이트가 너무 밝은 것이 야속하기만 하였다. 불빛만 없다면 차에서 내려 어떻게 해 보련만 그럴 수도 없고, 유럽 여행 때 버스에 화장실이 있던 것이 떠올랐다. 승용차에 화장실이라도 있다면 얼마나 좋을까 하는 그 절박한 순간 김치통이 생각났다. 동생네 집에 김치를 주고 온 빈 김치통이 그제야 생각이 난 것이다. 나의 고통을 덜어준 김치통이 얼마나 고마웠던지 절이라도 하고 싶은 심정이었다. 새벽 3시, 13시간 만에 집에 도착했다.

그날 이후 나는 겨울이면 나들이를 하지 않는다. 눈만 오면 그때의 악몽이 되살아나 나의 발목을 잡는다.

그 이전에도 몇 번 눈길 위에서 사고를 당한 적이 있었다. 해서 더욱 더 겨울 나들이가 두렵다.

오래전에 일어난 일이다. 백암온천을 가는 도중이었다. 출발할 때는 눈이 오지 않았는데 강원도로 들어서자 눈이 내리기 시작했다. 눈이 녹지 않아 미끄러운 길인데 또 눈이 내리니 곳곳이 살얼음판이 되었다. 거기다가 날은 어두워지기 시작했다. 긴장한 남편은 천천히 차를 몰았다. 편도 1차선 도로를 가는 중이었다. 남편은 눈이 내린 길을 갈 때면 절대로 브레이크를 밟아서는 안 된다며 나에게 운전수칙을 설명하는 중이었다. 갑자기 차가 이리 비틀 저리 비틀 핸들이고 브레이크고 말을 듣지 않았다. 한참을 이리저리 왔다 갔다 하던 차는 반대편 차선을 넘어 수로를 건너 논둑에 걸치면서 멈추었다. 순식간에 일어난 사고였다.

신기한 것은 그때에 오가는 차가 단 한 대도 없었다는 것이다. 차량이 꽤 있는 도로인데 그 순간은 그랬다. 핸드폰도 없던 시절 남편은 간신히 차에서 나와 지나가는 차를 세워 타고 시내에 견인차를 부르러 가고 나는 차 안에서 두려움에 떨며 남편이 오기를 기다렸다. 지나가는 차들이 멈춰 서고 사람들이 나에게 와서 다친 데는 없느냐고 물으며 걱정을 해 주었다. 어떤 사람은 시내까지 데려다주겠다는 고마운 사람들도 있었다.

한참을 기다리는데 여러 명의 청년들이 차에서 내렸다. 어두운 밤에 건장한 청년들이 나에게 다가오는데 나는 두려움이 앞섰다. 혹시 조직폭력배가 아닐까 하는 생각이 앞섰다. 사고 난 차 안에서 혼자 있는 내가 표적이 된 것 같아서 두려움에 떨고 있는데 차 문을 내리라고 했다. 나는 조금 문을 열어 주었더니 우리가 차를 끌어내 볼 테니 밖으로 나오라고 했다. 나는 두려움에 덜덜 떨며 차에서 내렸다. 청년 다섯이 구령을 붙여 가며 힘껏 밀었지만 차는 꿈쩍도 하지 않았다. 몇 번 힘을 쓰던 청년들은 멋쩍게 웃으며 시내에 가서 견인차를 보내 줄 테니 겁먹지 말고 기다리라고 하면서 떠나갔다. 눈물 나게 고마웠다. 저렇게 착한 사람들을 조직폭력배라고 두려워했으니 나의 편견도 이만저만이 아니었다. 조금 지난 후 남편이 돌아왔다. 그런데 혼자였다. 모든 견인차들이 다 현장출동하고 없다는 것이었다. 어떡하나 하고 망연자실하고 있는데 마침 경운기가 지나가다 우리를 보고 멈추었다. 사정 이야기를 듣고는 경운기와 우리 차를 연결하는 줄을 이어서 끌어당기니 차가 서서히 길로 빠져나왔다. '아, 고마워라 경운기여.' 평소에 운전하다가 천천히 가는 경운기를 보며 내 앞을 막는 것에 신경을 썼던 것이 미안하기 짝이 없었다.

길을 가다 멈추고 달려와서 위로해 준 분들이 참으로 고마웠다. 차를 끌어내 보겠다고 눈길에 옷을 벗고 힘을 쓰던 청년들이 참으로 인상적이었다. 특히 경운기 운전기사는 너무 고마웠다. 차를 꺼내 주고는 말없이 자기 갈 길을 가던 그 운전기사는 정말 멋진 사람이었다. 그들 모두는 남의 불행을 진실로 걱정하며 도와준 따뜻한 분들이었다. 이런 분들이 많은 세상은 얼마나 아름다운 세상인가.

그런 분들이 있어 그해의 겨울은 참으로 따뜻했다.

겨울이 되고 눈이 내리면 나는 그 김치통과 사고 당했을 때 위로

해 준 분들이 생각난다. 눈은 겨울 스포츠를 즐기는 사람들에게는 축복이 될 수 있겠지만 나 같은 사람들에게는 걸림돌이 될 수도 있다. 이래저래 눈길은 나에게는 두려움의 길이다.

누구에게는 즐거움이 또 다른 사람에게는 불행이 되는 일이 어디 눈뿐이겠는가? 다시 오는 겨울, 눈 때문에 고생하는 사람 없이 모두가 즐거웠으면 하는 바람이다.

3부_세월이 가져다 준 선물

무상한 세월의 능선에서 돌아보는 여로는
삶이 그립고 아쉬운 것이라는 것을 알게 해 준다.

오늘의 사소한 것들이 더 대단하고 아름다울 수 있고
사라지는 것들과 함께 내가 보낸 한 시대도 저물어 가고 있다.

가로수 길에서

청주 진입로 가로수 길을 처음 만든 사람은 어떤 사람이었을까. 플라타너스 터널을 오가는 사람들이 이토록 감동하리라고 그는 생각이나 했을까.

내가 살고 있는 아파트 앞에 청주의 명물 플라타너스 가로수가 있어 사계절 아름다운 경치를 자랑한다. 그 나무들이 훤히 내려다보이는 아파트 베란다에서 한 잔의 차를 마시는 한가한 여유를 누리고 있다. 이제 긴 여름을 지나 가을이 연출하는 색의 향연이 시작될 것이다.

세상에는 아름다운 가로수길이 수없이 많지만, 청주의 플라타너스 가로수만 한 곳이 또 있을까 싶다. 그 길을 달리노라면 바람과 함께 날리는 낙엽이 처연하게 생각되어 눈물이 날 정도로 황홀경에 빠지게도 한다. 안개가 낀 날 가로수 길은 또 얼마나 몽환적인지.

이 플라타너스 가로수 못지않게 사랑스러운 가로수가 우리 동네에 있다. 아파트 옆으로 흐르는 가경천을 따라 줄지어 서 있는 살구나무 가로수가 그것이다. 7km에 달하는 그 길을 따라 3,000여 그루의 살구나무가 심어져 있어 봄 한때 흐드러지게 핀 살구꽃은 꽃등을 켜놓은 것처럼 화사하다. 살구나무는 꽃으로 잎으로 열매로 우리를 행복하게 해 주고 있다.

그 길에는 경쾌한 음악도 흐르고 있어 그 길을 걷는 이들에게 잔잔한 여유로움을 주기도 한다. 살구꽃이 지고 살구 열매가 열릴 때쯤 살구나무 길 오른쪽 아파트 담장에는 넝쿨장미가 흐드러지게 피어 이 길을 더욱 아름답게 장식한다.

이 길에는 이름 모를 풀과 꽃들이 피어 있어 향수를 불러온다. 길가에는 보랏빛 제비꽃, 오랑캐꽃, 냉이꽃, 노란 개나리꽃, 앙증맞은 강아지풀, 지천으로 핀 애기똥풀, 하얗게 피어난 망초꽃 등이 흐드러지게 핀다. 그 길에는 청아한 바람도 지나간다.

플라타너스 가로수 길에는 주로 차들만 다니지만 살구나무 길에는 사람들만이 다닌다. 아니 자전거도 가고 유모차도 가고 때로는 휠체어도 간다. 저녁을 먹고 가벼운 마음으로 천천히 이 길을 산책한다. 여름에는 몸을 스치며 시원한 바람이 물기를 품고 지나가서 지친 사람들의 마음을 상쾌하게 해 준다.

눈물겹도록 아름다운 살구나무 길에는 갖가지 사연들을 품은 사람들이 총총히 와서 즐기고 돌아간다. 뇌출혈로 쓰러져 거동이 불편한 1층 아저씨도 나와서 걷고, 어린 남매를 키우는 10층 새댁네 가족들도 유모차에 아이를 태우고 나와 이 길을 걷는다. 건축업을 하는 사장님도 우리 동네 병원 의사 선생님도 부인과 함께 손을 잡고 이 길을 찾는다. 주인을 따라 산책 나온 강아지도 즐거이 이 길을 걷는다. 모두 건강을 위하여 이 길을 걷고 또 걷는다. 장기판을 들고 나와 벤치에 앉아 장기를 두는 할아버지들, 정자에 앉아 담소를 나누는 할머니들, 모두가 정겨운 얼굴들이다. 이 길에는 웃음이 있고 행복이 있다. 진솔한 삶이 있고 애환이 있는 이 길이 사랑스럽다.

맑게 흐르는 가경천도 플라타너스 가로수도, 살구나무 가로수도 고스란히 내 것이라 우기며 산다. 마음이 풍요로운 부자가 된다. 돈한 푼 들이지 않고 그 아름다운 것들은 모두 내 것이 된다.

우리는 평생 사는 동안 얼마나 많은 길을 걸을까. 지금까지 걸어왔던 길들이 아련히 떠오른다. 어린 시절 흙먼지가 뽀얗게 일어나던 미루나무 가로수가 도열된 등·하굣길에서 우리는 웃고 울고 돌부리에 채어 넘어지기도 하면서 영글어갔다. 그 길에는 민들레가 피고 까치가 날고 바람이 불기도 하였다. 나비도 날았다. 어쩌다 자전거가 지나가고 소달구지가 덜컹대던 길이었다. 운이 좋은 날은 그 소달구지를 공짜로 얻어 타기도 하였다. 두 개의 마을과 두 개의 개울을 건너 읍내에 있는 학교에 다녔다. 두 번째 마을 입구에는 조그마한 가게가 있어 학용품과 군것질 거리를 팔고 있었다. 하교할 때면 출출한 배를 움켜쥐고 알록달록한 사탕을 보고 침을 흘리며 손가락을 빨다 집으로 가곤 하였다.

오늘도 나는 가로수 길을 걷는다. 내게 주어진 길을 얼마를 더 걸어야 할지 모르겠지만 걷고 또 걷는다. 가을이 점점 깊어지면 가경천을 따라 걷는 길에는 여치와 귀뚜라미와 같은 풀벌레 소리도 들린다. 가을 한때 잠깐 와서는 다시 스러지는 그들의 생은 인간에게 무엇을 말하고자 함인지 가을은 참 많은 것을 생각하게 하는 계절이다.

오늘도 낙엽이 진 가로수 길을 걷는다. 이 아름다운 길을 선사한 사람에게 감사하며.

나목의 지혜

나목의 계절이다.

겨울나무는 세잔의 '목욕하는 소녀들'이란 그림처럼 아무런 가식이 없다. 모든 것을 버린 순수 그 자체다. 아무것도 걸치지 않은 채 가지마다 차가운 하늘을 받들고 서 있는 모습은 말없이 묵상에 잠겨 있는 듯하다. 아니 긴 기도를 하는 듯하다. 앙상한 겨울나무는 사색하는 소년처럼 외로운 모습이고 머리를 깎은 여승처럼 허허로운 모습이다. 찬란한 색깔로 치장한 가을 나무보다 모든 욕망 다 벗어던진 가벼운 나목이 군자의 모습이 아닐까 싶다. 새로운 채움을 위해 남김없이 벗어버린 비움이다.

베란다에 앉아 가로수 거리를 바라본다. 12월의 끝자락, 한 해가 또 속절없이 저물어 가고 있다. 길게 늘어선 가로수들이 차가운 겨울하늘 아래서 삭풍에 오들오들 떨고 있다. 나무의 생명을 지키기 위해 잎을 떨군 나무들처럼 나는 나목에서 희망을 본다. 지금은 비록 힘들지만 이 혹독한 시간이 지나고 나면 다시 새로운 봄을 맞이할 수 있다는 것을.

잎을 떨군 나무를 보면 성자의 모습을 보는 것 같다고 한 누군가의 말이 생각난다. 살아남기 위한 자연의 섭리라고 하지만 가지고 있던 것을 모두 버린다는 게 어디 그리 쉬운 일인가. 아무것도 가지지 않고 다 버리는 마음, 그것이 바로 '법정'스님이 말한 『무소유』가 아닐까. 백 가지 가진 자는 백 가지 근심이 있고 만 가지 가진 자는 만 가지 걱정이 있다고 하지 않았는가.

'나무는 꽃을 버려야 열매를 맺고 물은 강을 버려야 바다에 이른다.'고 했다. 나목처럼 버리고 살아야 하는 그것이 제대로 된 인생인 것 같다.

버려야 할 것들 중에서 단연 으뜸인 것은 어리석은 탐욕이 아닐까. 인간의 욕심은 어디까지일지 가늠할 수가 없다.

러시아 동화 '땅을 사랑한 농부'의 이야기는 많은 것을 시사해 준다. 농부에게 땅을 가진 주인이 해가 지기 전에 갔다가 오면 그 땅을 주겠노라고 했다. 농부는 죽을 힘을 다해 달려가 아주 많은 땅을 차지하게 되었다. 돌아가려 할 때는 이미 해가 지고 있었다. 지친 농부는 돌아갈 힘이 없어 그만 쓰러지고 만다. 그가 탐욕만 버렸다면 행복할 수 있었는데 더 많은 땅을 가지려고 욕심을 부리다 결국 목숨까지 잃고 만다.

우리는 이 세상에 올 때 가진 것 없이 빈손으로 왔다. 갈 때도 역시 수의 한 장 걸치고 혼자 홀홀히 떠난다. 그것이 자연의 섭리이고 진리이다. 그 누구도 거역할 수 없다. 크게 버리는 사람만이 크게 얻을 수 있다는 말이 있다. 물건으로 인하여 마음을 다치고 있는 사람들이 한 번쯤 생각해 볼 말이 아닐까.

자신의 모든 것을 버리고 남을 위해 희생하는 삶의 모습은 여러 곳에서 볼 수 있다.

그 대표적인 인물이 한국의 슈바이처로 불리는 장기려 의학박사가 아닐까. 북한에 두고 온 가족을 그리며 평생을 가난한 환자를 무료로 돌보다 병원 옥탑방에서 아무것도 남기지 않고 홀로 가신 그분이 성자의 모습이 아닌가 싶다.

위대한 삶을 살다 가신 마더 테레사 수녀님도 성인의 반열에 오른 분으로 성자의 모습을 하고 있다. 캘커타의 빈민가 한가운데서 가난하고 소외받은 병자들과 낙오된 이들을 위해 헌신했던 거룩하고 아름다운 사랑과 봉사정신은 많은 이들에게 감동을 주고 있다. 가난하고 헐벗은 이들을 위해 하느님께서 보내 주신 위대한 선물이 테레사 수녀님이라고들 하고 있다.

자연에는 질서가 있다. 봄이 오면 꽃이 피고 잎이 나고 가을이면 열매를 맺으며 말없이 인간에게 깨우침을 준다. 나무는 우리에게 위대한 스승 같다는 생각이 든다.

『아낌없이 주는 나무』에서 소년을 향한 나무의 무조건적인 사랑은 읽는 이에게 큰 감동을 준다. '쉘 실버스타인'의 대표작으로, 진정한 사랑이 무엇이며 인생의 참된 가치가 무엇인지 일러주는 나무의 아름다운 이야기이다. 모든 것을 다 주고 재만 남기고 떠나는 나무야말로 성자의 모습이다.

　인류 문명의 발전은 끝이 없는 욕심에 눈이 멀고 그 욕심을 채우려고 더 가지고 싶은 끝 모를 욕망의 늪에 점점 빠져가는 시간이었다. 탐욕만 버린다면 우리 모두가 행복해지지 않을까. 인생은 무거운 짐을 지고 먼 길을 가는 것과 같다고 했다. 부질없는 욕심의 짐과 탐욕의 짐을 벗어 놓을 때 인생길은 가벼워지지 않을까. 잎을 떨군 나무처럼. 잎을 떨군 겨울나무의 모습에서는 지혜로운 자의 얼굴이 보인다.

　주어진 것에 만족할 줄 아는 삶이야말로 진정 행복한 삶이 아닐까? 나목의 가로수 길을 바라보며 많은 생각을 하게 된다. 나목은 삶의 지혜를 인간에게 가르치려는 것 같다. 시절에 맞게 자신을 변화시키는 나무야말로 현명한 자의 태도가 아니던가.

기적

    참을 수 없는 두통이 와서 신경정신과를 찾았다. 지루하게 차례를 기다리는 환자들의 얼굴이 동굴처럼 어둡다. 모두가 나이 드신 어른들인데 유독 젊은 아가씨가 눈에 띄었다. 어떤 증세로 병원을 찾았는지 자못 궁금한 생각이 들면서 젊은 날의 일이 떠올랐다.

    목에 알 수 없는 이물질이 걸려 있어 통증을 참을 수가 없었다. 진통제를 먹어보았지만 효과가 없어 이비인후과에 가서 여러 가지 검사를 받았다. 결과는 아무런 이상이 없다는 것이었다. 의사는 정신과에 가 보라고 하면서 소개서 한 장을 써 주었다. 난감했다. 정신과라니. 정신이상자만 가는 곳이 정신병원이라고 알고 있는 나에게 정신과를 가 보라는 말은 큰 충격이었다.

    통증도 문제지만 며칠째 잠을 이루지 못하는 것을 도저히 참을 수 없어 망설임 끝에 정신과 문을 들어섰다. 첫인상이 좋은 의사는 매우 친절했다. 내 병의 증세를 들은 의사는 그 고통을 없애려고 하지 말고 고통과 함께 하란다. 목에 통증이 있는 것이 정상이고 통증이 없는 것이 비정상이라고. 기가 찰 노릇이었다. 우리나라 최고 병원의 의사의 진단치고는 허술하기 짝이 없었다. 약도 없고 주사도 없고 오직 상담하는 것이 전부였다. 그런데 놀랍게도 진료비는 엄청 비쌌다. 그로부터 의사와 몇 분씩 상담을 했다. 큰 차도가 없자 병원을 그만두고 통증을 받아들이기로 했다. 돌팔이 의사한테 속은 것 같았지만 그 의사의 말대로 '그래 아픈 것이 정상이다. 아프지 않은 것은 내가 아니다.'라고 나에게 계속하여 최면을 걸었다. 통증은 계속되었다. 목은 계속 아프고 한 숨도 자지 못하고 밤을 꼬박 새는 날들이 지속되었다. 이러다 정말 미쳐 버리는 것이 아닌가 하는 두려움이 엄습하였다.

이를 악물었다. 온몸이 뒤틀리고 쥐어짜는 듯한 통증과 싸우면서 졸업시험을 보고 순위고사 시험을 준비하며 바쁘고 괴로운 날들을 보냈다. 그러던 어느 순간 증세가 사라졌다. 희한한 일이었다. 아니 기적 같은 일이었다. 내가 만일 종교인이었다면 내가 믿는 신이 병을 고쳐 주었다고 간증을 했을지도 모른다. 정말 불가사의한 일이었다. 우리 주변에는 믿기 어려운 일들이 가끔 일어나 기적이라는 말로 표현하곤 한다.

지인으로부터 들은 이야기다. 자기 삼촌이 암에 걸려 시간이 얼마 없다는 의사로부터 사망선고를 받고 시한부 인생이 되었다는 것이다. 그는 마지막을 위하여 신세 진 사람들을 찾아가서 하직 인사를 하고 평소에 감정이 안 좋았던 사람들에게 그동안의 잘못을 사과하고 세상 떠날 준비를 하고 죽을 날을 기다렸다고 한다. 그런데 수개월이 지난 후 다시 검사를 하였는데 암덩어리가 없어졌다는 것이었다. 의사는 사진을 가져다 놓고 보면서 도저히 믿을 수 없다며 놀랐다는 것이다. 본인 역시 놀라지 않을 수 없었다. 오진이었을까. 아니면 기적이 일어난 것이었을까.

대체로 기적은 종교적 배경을 전제로 하며 종교에 대한 귀의나 입산에 대한 기회나 동기가 되는 이상한 일을 의미하는 것으로 알고 있었다. 종교인도 아닌 나에게 일어난 이 일을 도저히 설명할 수가 없었다.

정신병을 고치기 위해 굿을 하는 모습을 여러 본 기억이 있다. 굿을 하여 그 병이 나았는지는 모르겠지만 과학문명이 최고로 발달한 오늘날에도 굿하는 것을 보면 무언가 알 수 없는 어떤 신령스런 힘이 작용하는지 모를 일이다.

지금도 알 수가 없다. 그 통증이 왜 시작되었고 왜 사라졌는지. 혹자는 말한다. 인내하고 긍정적 사고를 가진 것이 치료의 열쇠였다고.

어쩌면 대학 졸업을 앞두고 취업에 대한 강박관념이 몸으로 나타난 것인지도. 마음이 아프니 몸이 아플 수밖에 없었다고. 기적이 뭐 별것인가. 마음먹기 달린 것이지. 지금까지 살아온 것 자체가 기적이 아닌가. 매일매일 크고 작은 사고가 일어나 수많은 사람들이 목숨을 잃는 세상인데 오늘 하루 아무 탈 없이 살아있다는 것이 정말 기적인지도 모르겠다. 병은 사람에게 무엇인가를 가르치기 위해 찾아온다고 했는데 그 고통은 나에게 무엇을 가르치기 위한 것이었는지 모르겠다.

병원을 찾을 때마다 안도감과 두려움이 동시에 일어난다. 병원에 왔으니까 괜찮을 거야 하는 생각과 큰 병이라도 발견되면 어떻게 하지 하는 생각이다. 정말로 오고 싶지 않은 곳이지만 오지 않을 수 없는 곳이기도 하다.

별 이상 없다는 의사의 말을 들으면 얼마나 고마운지 모른다. 의사에게 절이라도 하고 싶을 정도로. 의사는 말한다. 스트레스 받지 말고 편안히 지내라고, 스트레스가 만병의 근원이라고. 그래야지. 암, 그래야지. 두툼한 약 봉지를 들고 밝은 마음으로 병원 문을 나선다. 오늘 하루 또 기적 같은 삶을 살았다.

노을을 바라보며

저녁 무렵 비행기는 네덜란드 상공을 날고 있었다. 창밖을 내다본 나는 눈앞에서 펼쳐지는 아름다운 노을을 보고 숨을 쉴 수가 없었다. 언어로는 어떻게 그 모습을 표현할 수가 없어 허둥거렸다. 언어의 빈곤함을 이때처럼 절실하게 느껴 본 적도 없었다. 노을의 빛깔도 표현할 수 없이 아름답지만 그 모양은 지구가 아닌 다른 미지의 세계에서나 볼 수 있는 오묘한 모습을 연출하고 있었다. 그냥 꿈을 꾸고 있는 것 같은 심정이었다. 온갖 색의 꿈을.

검은색으로 물들어 가는 대지와 하늘의 오묘한 고운 색이 눈이 부셨다. 그 아름다운 색의 조화는 인간이 창조해 낼 수 없는 세상의 모든 아름다움을 품고 있는 듯하였다. 지평선에 물드는 노을이 너무나 고와서 작은 창밖으로 카메라의 셔터를 계속 눌러대었다. 얼마 지나지 않아 초저녁 별 하나가 외로이 떠서 비행기를 따라왔다. 비행기 아래로 어디론가 철새 무리가 날아갔다. 물이 든 지평선의 노을과 새의 날갯짓이 너무 고왔다. 이처럼 고운 빛의 노을을 본다는 것은 신이 축복이 아닐 수 없다는 생각이 들었다. 노을은 너무 아름다워서 슬프기까지 했다.

솜을 곱게 물들여 놓은 듯했다. 난생 처음 하늘에서 맞이하는 장엄한 노을이었다. 심장을 뛰게 하는 노을빛으로 온갖 색으로 채색된 구름바다는 세상을 다 뒤덮고 출렁거렸다. 분홍색 같기도 하고 주황색인가 하면 또 아니다. 어찌 보면 장밋빛 같기도 하고 어찌 보면 벚꽃이나 진달래꽃 같기도 하다 손톱에 물들이던 봉숭아 색깔인가 하는 순간 또 다른 색으로 변해버린다. 보라색으로 변한 노을은 어느 순간 검은 색으로 되더니 시나브로 사라져 갔다. 자연은 경외심의 대상일 수밖에 없다는 것을 절감하며 이런 아름다운 경관을 볼 수 있는 행운을 갖게 된 것을 하느님께 감사했다. 그 찬란한 아름다움은 볼수록 황홀하고 몽환적이었다.

찬란한 노을을 창공에 두고 비행기는 지상으로 사뿐히 내려왔다. 지상은 노을이 사라지고 어둠이 깔린 암스테르담이다. 도시의 불빛은 반딧불처럼 반짝이고 있었다.

어린 시절 서녁 산마루에 걸쳐있는 노을을 보며 그 너머에 신비스런 어떤 것이 존재하여 꽃처럼 아름답게 살아갈 것 같은 아련한 생각을 하기도 했다.

'생택쥐페리'의 『어린 왕자』는 작은 소행성 B612에 살아서 의자를 조금만 움직여도 언제든 노을을 볼 수 있다고 한다. 슬플 때면 의자의 위치를 바꿔 가며 하루에 44번이나 노을을 보았다니 신기할 수밖에 없다.

제2차 세계대전 중 유태인 수용소에서 있던 일이다. 유태인들이 불태워지는 충격적인 광경을 목격한 사람이 피곤한 몸으로 바닥에 앉아 있는 동료에게 해가 지는 풍경을 보라고 했다. 그들은 청색에서 핏빛으로 색과 모양이 끊임없이 변해 가는 구름으로 살아 숨 쉬는 하늘을 바라보며 감동으로 침묵 속에 잠기었다. 그때 누군가가 말한다.

"세상이 이렇게 아름다울 수도 있다니."

오늘 죽을지 내일 죽을지 한 치 앞을 알 수 없는 수용소에서조차 세상의 아름다움을 발견하고 감탄한다. 노을은 가슴을 뛰게 한다. 해가 완전히 사라지기 전 세상과의 이별이 아쉬워 노을을 만들었나. 노을은 무엇인지 모를 아련함과 그리움을 남기기도 한다. 자연은 왜 이토록 아름다운 노을을 연출하여 사람을 감동시키는지 언어로 표현할 수 없는 풍경을 만들어 놓았는지 신비하기만 하다.

노을빛이 제아무리 곱고 아름답다 한들 사람의 일생이 남겨놓은 노을보다 더 아름다울 수 있겠는가. 그 사람의 일생이 남겨 놓은 흔적들은 우리 사람들에게 올바른 삶의 의미를 가르쳐 주고 있다.

나는 지금 하루 중 어디쯤에 와 있을까 가늠해 보며 나의 삶이 고운 노을이기를 소망한다. 서산으로 넘어가는 낙조를 바라보며 살아온 인생을 뒤돌아보게 되는 것은 어쩌면 자연스러운 일이 아닐까 싶다.

노을처럼 곱게 살고 싶다. 건강해서 남에게 피해 주지 않고 갈 때는 동백꽃 지듯이 그렇게 깨끗하고 아름답게 가고 싶다. 해가 마지막에 고운 노을을 남기듯이 작별인사를 하며 다른 세상으로 가면 더 이상 바랄 것이 없을 것 같다.

나의 인생을 불타는 노을처럼 아름답게 만들 수만 있다면 진정 행복할 것 같다. 해가 저물어 서산마루에 걸려 붉게 타오르다 솔잎사이로 사라져 간다.

하루의 완성이다.

세월이 가져다 준 선물

유난히 무덥던 어느 여름날, 산에서 이끼 사진 촬영을 하고 내려오다 보니 한 농가가 눈에 들어왔다. 야트막한 담장 너머로 기와집 옆 장독대 주변에 피어 있는 꽃들이 눈길을 끌었다. 마당가에는 맨드라미, 분꽃, 백일홍, 봉숭아꽃, 채송화꽃이 화사했다. 햇볕이 잘 드는 곳에 얌전히 놓여 있는 장독대를 보니 살림살이가 궁색하지 않아 보였다.

반쯤 열린 대문을 살며시 밀고 들어가자 대청마루에 앉아 있던 노부부가 우리를 맞이한다. 낯선 길손이건만 마다 않고 자리를 내어주는 모습이 정겹다. 이런 분들과 함께 살고 있는 이들은 누구일까 궁금하여 말을 걸어 보았다.

자녀 다섯 명을 두었는데 다 도시로 외국으로 나가고 두 분만 살고 있다고 한다. 어쩜 우리 집하고 너무도 닮아 있다. '쓸쓸하지 않으시냐.'는 말에 그저 웃으신다. 이는 아마도 다섯 남매를 키우며 혼신의 힘을 다해 살아온 부부의 인생이 고스란히 담겨 있어서고 부모 동기가 함께 살아온 고향인 이곳을 차마 떠나보낼 수 없어서라는 뜻이 담긴 웃음이 아닐까 싶기도 했다. 그분들의 삶이 평안하기를 바라며 대문을 나섰다.

때마침 앞산에서 뻐꾸기 소리가 들려왔다. 아주 오랜만에 들어보는 새소리였다. 마치 청량음료를 마신 것 같이 온몸이 상쾌하였다. 이런저런 이야기를 하다 보니 시간이 많이 흘렀다. 해가 설핏 기울어진 것 같았다.

마을을 빠져 나오는 곳에 폐교가 있었다. 텅 빈 운동장으로 들어섰다. 운동장 가녘에는 플라타너스 나무들이 도열하여 푸른 그늘을 만들어 주고 있었다. 금방이라도 창문을 열고 아이들이 청아한 함성을 지르며 달려 나올 것만 같았다. 이곳에서도 수많은 아이들이 공부를 하고 추억을 쌓으며 영글어 갔을 텐데. 이런 것들이 사라지는 것에 대한 애련함이 가슴속에 아지랑이처럼 피어올랐다. 사람들이 떠나고, 아이들이 떠나고, 학교는 폐교 조치가 내려지고 이렇게 사라지는 것들을 보노라면 가슴속에 아쉬움이 나붓나붓 들어왔다. 폐교에서 느끼는 것은 무상 그리고 소멸하는 것들에 대한 아쉬움이었다.

고즈넉한 농가와 폐교의 황량한 모습들을 카메라에 담고 쥐똥나무로 둘러친 담을 지나 교문을 나섰다. 쥐똥나무 꽃향기가 그리움으로 안겨온다.

이런 모습들을 보면서 그 옛날 우리 고향집이 생각났다. 지금은 헐리어 그때의 모습은 온데간데없이 사라졌지만 마음속에 간직된 때 묻지 않은 원시의 모습을 지닌 고향이다. 소나무 숲길로 이어진 가느다란 길, 할머니와 어머니가 드나들던 장독대. 그 옆에 심겨진 꽃들. 봉숭아 꽃물을 들이던 툇마루. 일 잘 하던 암소, 달걀을 잘 낳던 닭, 집 잘 보던 멍멍이. 납작한 초가집 뒷산에 곱게 핀 진달래, 앞내에 흐르던 맑은 개울, 무엇하나 그립지 않은 것들이 없다. 뒷마당에 살구나무가 한 그루가 있었는데 봄철 한때 그 꽃이 활짝 피면 온 세상이 다 환해지는 것 같았다. 정말이지 등불을 켠 것 같았다. 그러나 지금은 존재하지 않는 것들이다. 개발이라는 변화에 떠말려 형체도 없이 사라진 것들이다.

전에는 거들떠도 보지 않고 무시해버린 낡고 허물어진 산골의 외딴집처럼 사라지는 것들에서 애틋한 마음이 생기고 정이 가는 것은 아마도 세월 탓이 아니겠는가. 세상이 예전과는 다르게 보인다.

인생길에서 우리는 수많은 사람들과 만나고 헤어진다. 사람과도 이별하고 물건과도 이별하고 결국 우리의 삶은 이 세상의 모든 것들과 이별하는 것이 아닌가. 무상한 세월의 능선에서 돌아보는 여로는 삶이 그립고 아쉬운 것이라는 것을 알게 해 준다. 젊었을 때는 아름다운 길에서는 '다음에 또 와서 보아야지' 하는 다짐을 했는데, 지금은 '이곳에 다시 올 수 있는 기회가 또 올까' 하는 생각을 하게 된다. 정겨웠던 것들이 하나 둘 내 곁을 떠나는 것들을 보며 아쉬움에 마음은 가을바람처럼 스산하기만 하다. 오늘의 사소한 것들이 더 대단하고 아름다울 수 있고 사라지는 것들과 함께 내가 보낸 한 시대도 저물어 가고 있다.

나이 드는 것이 기와에 이끼가 끼듯 자연스럽게 받아들여지는 나이, 그래서 이순耳順인가 보다. 세상을 보는 눈이 달라졌다. 세월이 가져다 준 선물이라고 할까. 오래 된 나무가 무성한 잎으로 사람들에게 그늘을 만들어 쉴 곳을 마련해 주듯, 나잇값을 해야 할 때가 온 것 같다.

여치의 죽음

어느 일요일 아침이었다. 베란다에 만들어 놓은 작은 정원에 물을 주던 남편이 급한 목소리로 나를 불렀다. 무슨 일인가 싶어 식사준비를 하다 말고 남편에게 다가갔다. 앳된 소년처럼 서서 무엇인가를 바라보고 신기해하는 천진스런 남편을 보는 순간 내 입에서 감탄사가 절로 터져 나왔다.

"어머머, 여치 새끼네!"

실처럼 작은 여치 두 마리가 폴짝폴짝 뛰며 놀고 있었다. 금방 알에서 깬 것처럼 작고 여린 것이 보호해 주어야할 할 것 같은 생각이 뭉클 일어났다. 어떻게 이런 데서 생명이 태어날 수 있었는지, 어떻게 여치가 여기까지 오게 되었는지 그것이 너무나 신기해서 넋을 잃고 들여다보았다.

아파트로 이사 온 이후 다른 생명을 키워본 적이 없어서 그런지 여치의 등장이 그렇게 반가울 수가 없었다. 나는 여치에게서 어린 시절의 아련한 향수를 느끼며 동심의 세계로 빠져들었다.

아득한 유년 시절 여치를 잡아 두 다리를 잡고 흔들며 방아깨비

놀이를 했던 일이 새록새록 떠올랐다. 동생들과 둘러앉아 여치를 놓고 여치가 어디로 가는지 내기를 한 적도 있었다. 여치를 본지도 까마득하다.

우리 부부는 퇴근 후에 베란다에 나가 여치가 노는 모습을 보는 것이 즐거운 일과 중의 하나가 되었다. 여치는 아주 조금씩 자라 열흘쯤 지나니까 제법 여치다운 모습을 갖추게 되었다. 하루가 다르게 커 가는 작은 생명을 보는 것이 고맙기도 하고 기특하기도 했다. 이 작은 생명이 나에게 기쁨을 줄 수 있다는 것이 믿어지지 않았다.

그러던 어느 날 오후 여치 한 마리가 보이지 않았다. 베란다 이곳저곳을 찾아보았더니 간장단지 아래에서 죽어 있었다. 왜 죽었을까 곰곰 생각을 해 보았지만 해답을 찾을 수가 없었다. 여치 혼자 남은 정원은 쓸쓸하기만 하였다. 그리고 얼마 후 남은 한 마리 여치마저 거실 텔레비전 앞에서 죽어 있었다.

여치가 죽은 후 얼마 동안은 정원을 바라보는 일도 없게 되고 무언가 아주 소중한 것을 잃었을 때처럼 하루 종일 심란하고 해전해서 일손이 잡히질 않았다. 마음에 구멍이 뚫린 것처럼 헛헛했다. 한낱 작은 곤충과의 인연이 이렇듯 애틋할 줄은 미처 몰랐다.

오래전의 일이다. 아들이 초등학교 2학년 때 학교 앞에서 병아리 두 마리를 사가지고 왔다. 아들은 상자를 구해다가 신문지를 깔고 모이와 물을 주고 학교만 갔다 오면 병아리를 들여다보며 신기해 했다. 병아리가 크면 알을 낳고 그리고 또 병아리를 낳는다며 즐거워

했다. 병아리 파는 아저씨의 말을 곧이곧대로 믿고 병아리를 키우는 아들에게 '그 병아리는 알을 낳을 수 없는 폐기처분된 병아리다.'라고 말할 수가 없었다.

아들의 정성인지 그 병아리는 많이 자라서 제법 닭의 모습을 갖추었다. 아들의 기쁨은 이루 말할 수 없었다. 그러던 어느 일요일 아침 병아리 두 마리는 죽어 있었다. 생각보다 오래 사는 병아리를 보며 기특하게 생각했는데 결국 죽고만 것이다. 그날 아침 아이는 밥을 먹지 않고 계속 울기만 하였다. 아이와 함께 병아리를 화단에 묻어 주고 아이를 달래보았지만 하루 종일 울적해 했다. 아이의 서러운 울음은 가슴을 아프게 했다. 날개 죽지를 다친 어린 새처럼 아이는 바들바들 떨었다. 아이들에게는 생명이 죽어가는 모습을 보이지 말아야 한다는 말이 생각났다.

아이의 방이 병아리가 살 수 있는 공간이 아니었듯이 8층 아파트 베란다 역시 여치가 살 수 있는 공간이 아니었나 보다. 살아 있는 것들은 자기 사는 공간을 떠나는 순간 이미 그 생명은 죽어간다. 좀 더 일찍 여치들을 자연으로 돌려보냈더라면 더 오래 살았을 텐데 나의 욕심으로 그 작고 여린 생명을 죽음으로 내몬 것이라 생각하니 뒤늦게 후회가 되었다.

밀림 속을 자유롭게 다녀야 할 사자와 호랑이가 동물원의 좁은 울타리 안에 갇혀 있을 때 그들은 과연 행복할까. 동물원에 갇힌 동물을 볼 때면 감옥에 갇힌 죄수를 연상케 하여 마음이 몹시 불편하다.

모든 생명은 자기가 살 수 있는 방식이 있고 공간이 따로 있는데 우리 인간들이 자신들의 필요에 의하여 함부로 이용하고 있지 않은가 생각해 볼 일이다. 풀숲에서 자유롭게 뛰어놀아야 할 생명이 한정된 인간의 영역에서 살아간다는 것은 고역이지 싶다. 약한 동물이라는 이유로 그들을 나의 애완동물로 삼고, 보호가 아니라 나의 욕망을 채우려고 그들의 삶을 지배한다면 그것은 인간으로서의 존엄성을 짓밟는 것이라는 생각이 들 뿐이다. 죄 없는 동물에 대한 폭력은 엄연한 범죄라고 한다.

　인간과 동물이 함께 평화롭게 공존하는 세상이 정말 좋은 세상이라는 말에 깊이 공감한다. 모든 동물은 각자 자기의 자리에 있을 때 가장 자연스럽고 아름다운 것이 아닌가.

기다림의 미학

사람이 세상을 살아간다는 것은 가슴 저미는 기다림의 연속이 아닐까.

어린 시절 시장에 콩나물 팔러 가신 어머니를 동구 밖에서 하염없이 기다리기도 하고, 일터에 가신 아버지를 눈이 빠지게 기다려 본 적이 있었다. 설날이, 추석이 돌아오기를 손꼽아 기다려 보기도 하고 약속 장소에서 친구를 또는 사랑하는 사람을 초조하게 기다려 본 적도 있다.

직장에 간 남편을 기다리기도 하고 늦게까지 돌아오지 않는 자식을 애타게 기다려보기도 했다. 복권을 사고 당첨되기를 기다려도 보았다. 추운 계절을 힘들게 보내면서 봄을 기다려 보기도 했다. 무엇인지 모를 희망을 기다리기도 하고 기다리다 기다리다 무엇을 기다리는지도 모른 채 희곡「고도를 기다리며」처럼 마냥 기다리기도 했다.

인간만이 아니다. 목마른 대지는 비를 기다리고 해바라기는 해를 기다린다. 기다림이란 단어처럼 가슴을 아리게 하는 말이 또 있을까.

모든 기다림은 애틋하기만 하다. 기다림은 언제나 많은 고통을 동반하기도 하고 인내를 요구하기도 한다.

오랜 기다림 끝에 소중한 결실을 맺는다면 그보다 더 행복한 일은 없겠지만 그렇지 않을 경우 기다림은 고문이지 싶다. 기다림이 아름다워지려면 그것이 선해야 하고 동시에 즐거움이 동반되어야 하지 않을까.

누군가를 애타게 그리워하며 기다려 본 사람들에게 『솔베이지의 노래』는 희망과 위안이 되지 않을까 싶다. 이 노래의 배경은 노르웨이다. 북극에 속해 있어 긴 겨울을 나야하는 나라이기에 그 이미지가 더 가슴을 서늘하게 한다.

겨울에는 오후 3시만 되면 해가 지고 춥고 긴 북극의 밤이 계속된다. 눈은 내려 쌓이고 인적이 없는 밤, 기약 없이 떠난 연인의 발자국 소리를 기다리는 여인에게 밤은 더 길고, 외로움은 한없이 길고 깊을 수밖에 없다. 그 긴 겨울이 지나고, 봄이 오고, 다시 여름이 오고, 세월은 가지만 떠나간 연인은 돌아오지 않는다. 끝이 없는 기다림의 시간이 이어진다.

'솔베이지'는 조개가 몸속에서 진주를 품고 성장시키면서 아파하듯이 가슴 찢어지는 고통을 견디면서 떠나간 연인이 돌아오기를 기다린다. 그녀는 죽는 순간까지 사랑하는 연인을 기다린다. 정말 슬프고도 아름다운 사랑의 노래이다.

'솔베이지'의 기다림이야말로 진정한 사랑의 다른 이름이라는 것을 알게 하고 바로 그 깨달음과 동시에 진실한 사랑의 의미를 알게 해 주는 노래다. 그 가슴 졸이는 사랑의 열정과 고통을 기다림으로 아름답게 승화시키는 사랑의 경지를 생각하면 정말 고통스럽지만 즐겁기도 하다.

사랑이란 끊임없는 기다림의 연속이고 남모를 가슴 졸임의 연속이며 때로는 달콤한 시련과 고통의 연속이라고 생각된다. 기다림은 오래 참고 견뎌야 하는 일상이다. '진인사대천명'이라고 했다. 그 기다림이 아름다워지기 위해서 끊임없이 노력을 해야만 한다. 그래야만 아름답고 고귀한 것으로 승화되는 것이다.

강태공은 낚시를 하면서 임금이 자기를 찾을 것을 일평생을 기다렸다. 결국 여든 살이 지나서 임금이 그를 찾아 벼슬길에 나아가게 된다. 이 기다림이야말로 의미 있는 기다림이 아닐까. 마늘과 쑥을 먹으며 사람으로 환생하기 위한 곰의 기다림이야말로 인내의 결정판이 아닐까 싶다.

한 알의 열매를 맺기 위해서는 비와 바람과 땡볕을 견디며 기다려야 한다. 기다리는 시간은 황홀하기도 하고 때로는 초조하기도 하다. 사랑하는 사람을 기다릴 때의 그 황홀함. 시험을 보고 합격여부를 기다릴 때의 그 초조감. 결국 기다림은 긴장과 고통의 시간이기도 하다.

기다림은 또 희망이 되기도 한다. 오늘도 거실 TV 앞에 앉아서 좋아하는 드라마가 나오기를 기다리고 있다. 오늘 내용은 헤어졌던 사랑하는 사람들이 만날까 어떨까 제발 만났으면 좋겠다는 바람을 가지고 기다린다. 여유가 있는 이 한가로운 기다림이 참 행복하다. 기다릴 사람이 있다는 것 또한 행복이 아닐까.

지금 내가 기다리고 있는 것은 과연 무엇일까. 나는 무엇을 위해 이 나이까지 살아왔을까 곱씹어 본다. 그리고 나의 앞에 무엇이 더 기다리고 있을지 생각해 본다.

고향 그림 한 장

　난생 처음 그림 한 점을 샀다. 계획에 전혀 없던 일이다. 그 그림 속에는 어릴 적 나의 고향이 그대로 들어 있다. 여름 풍경이지만 그 그림 속에는 봄도 있고, 가을도 있고, 겨울도 있다. 그 속에는 산이 있고, 냇물이 있고, 집이 있고, 너른 들판이 있다. 이 그림을 그린 화가는 어찌하여 내 고향을 이리도 세세하게 그려내었는지 신기롭기만 하다. 나의 고향에서의 유년의 추억이 고스란히 담겨있는 그림이다. 아마 나에게 고향을 그리라고 한다면 그와 똑같이 그렸을 것이다. 그 그림을 보자 나는 60여 년 전 유년의 뜰로 달려갔다.

　고향의 봄은 울타리의 노란 개나리와 뒷산의 진달래로부터 시작되었다. 나와 동생들은 뒷동산에 올라 진달래를 따 먹으며 따뜻한 봄날을 즐기었다. 할머니께서 진달래꽃 있는 데는 문둥이가 있다며 겁을 주었지만 우리는 귀담아 듣지 않았다.

　하루는 참새를 잡겠노라고 농기구를 넣어둔 광에 가서 올무를 가져다가 새가 다닐만한 곳에 모이를 놓고 기다렸다. 그런데 새가 아닌 병아리가 올무에 걸려 죽고 말았다. 당연히 할머니에게 엄청난 꾸중을 들었다. 그 다음부터 새 잡기 놀이는 그만두었다.

가장 신나는 고향의 계절은 여름이었다. 집 앞 냇가에는 어린 우리들이 놀만한 깊지도 얕지도 않은 물놀이하기에 적당한 장소가 있었다. 눈만 뜨면 우리는 그 물에 가서 몸을 담그고 놀다가 징거미도 잡고 땅강아지도 잡고 가재도 잡고 반딧불이를 쫓으며 시간 가는 줄 모르고 놀았다. 그때에는 노는 것이 우리에게 전부였다.

밤이 되면 앞마당에 가마니를 깔고 누워 갓 찐 옥수수를 먹으며 쏟아질 것 같은 별들을 바라보는 것이 무엇보다 정겨웠다.

어느 여름날 저녁 무렵 윗마을에 사는 작은집 식구들이 우리 집에 왔다. 그때 마당에는 소여물을 썰다 치우지 않은 작두가 있었다. 사촌 동생과 나는 작두 놀이가 하고 싶었다. 동생이 풀을 집어 작두 밑에 넣고 나는 작두를 내리쳤다. 그런데 동생의 손가락이 작두에 잘리고 말았다. 온 집안은 난리가 났다. 동생은 피를 흘리며 펄펄 뛰며 울고 어른들은 어찌할 바를 모르고 나는 겁이 나서 슬그머니 자리를 빠져 나와 뒷산으로 달아났다. 해가 저물고 있었다. 앞산에 노을이 빨갛게 물들고 있었다. 나는 뒷산 꼭대기에 있는 나의 비밀 장소를 찾았다. 두 개의 큰 바위가 맞닿아 아치형을 이루고 있어 바위 사이에 아이들 서 너 명은 들어갈 수 있는 공간이 있었다. 나는 이곳을 이 산에 올라오면서부터 발견하여 나만의 놀이터로 만들었다. 집에서 볏짚을 가져다 깔아놓아 아주 푹신하고 아늑한 분위기였다. 어둠이 내리고 별이 뜨고 풀벌레 소리와 알 수 없는 짐승의 소리도 들렸다. 무서웠지만 집으로 내려가면 안 될 것 같았다. 여름이지만 산촌의 여름밤은 추웠다. 여기서 이대로 밤을 새워야 할 것 같은 생각이 들었다. 그러다가 까무룩 잠이 들었다. 무슨 소리가 들려 눈을 뜨니 횃불이 보이고 나를 찾는 사람들의 소리가 들렸다. 아마 동생의 상처를 치료하고 나서 나를 혼내려고 찾다보니 내가 없어진 것을 알았나 보다. 어머니는 나의 등을 몇 차례 때리고 할머니는 눈물을 흘리시며 '그만하면 되었다.' 하시며 나의 등을 쓸어 주셨다. 나는 눈물이 왈칵 쏟아졌다. 그날 나는 아버지의 등에 업혀 산을 내려왔다.

사촌 동생은 울다가 지쳤는지 손가락에 하얀 천을 감고 잠이 들어 있었다. 검지의 손톱 중앙부분이 절단되었다는 것을 얼마 후에 알았다. 살갑던 작은어머니는 그 사건 이후 나를 대하는 눈빛이 오랫동안 싸늘하기만 하였다. 동생의 손가락은 새살이 돋아 생활하는 데는 지장이 없었지만 안쪽으로 꼬부라진 손가락은 보기가 민망했다. 어느 순간 그 손가락 때문에 동생의 삶이 잘못되면 어떻게 하나 하는 생각도 했었다. 그 다음부터 작두는 나의 가장 공포스러운 물건이 되었다.

고향의 가장 풍요로운 계절은 가을이었다. 아마도 가장 바쁜 때가 아니었나 생각된다. 부모님은 윗방에 발을 세우고 고구마를 캐서 내 키의 두 배 정도쯤 쌓아놓으셨다. 그것만 보면 저절로 배가 불러왔다. 탈곡기에서 쏟아져 나온 벼는 가마니에 담아 광에다 차곡차곡 쌓았다, 콩, 깨도 털어 광을 채우고 사과, 배, 밤, 감, 대추도 따서 광속에 넣고 커다란 자물쇠로 잠갔다. 그리고 아버지와 할아버지는 산에서 나무를 해다 처마 밑에 차곡차곡 쌓으셨다. 겨우살이가 끝난 것이다.

고향의 겨울은 말 그대로 동면의 계절이었다. 집 안에서 한 발짝도 움직일 수 없었다. 산촌의 겨울날은 길고 추웠다. 우리 오남매와 할머니는 윗방에 갈무리해 둔 고구마를 가져다 화롯불에 구워먹는 것이 유일한 소일거리였지만 아버지와 할아버지는 사냥을 하러 다니셨다. 주로 토끼사냥이었다. 잿빛 색깔의 윤기가 흐르는 털을 가진 예쁜 산토끼를 운이 좋으면 두세 마리씩 잡아오셨다. 아마 고기를 먹을 수 있었던 것은 그것이 유일한 것 같았다. 시내와 많이 떨어진 외진 곳이라 겨울에는 몇 개월 동안 나들이를 거의 하지 않았다. 긴 겨울을 보내고 어느 해 봄 우리 가족은 고향을 등지고 읍내로 이사를 했다.

도시에서의 바쁜 성장과정을 거치면서 고향에 대한 생각은 별로 하지 않았다. 그런데 나는 그 그림을 보면서 까마득하게 잊혀졌던 고향의 모습이 활동사진처럼 막 펼쳐지는 데 정말 놀라지 않을 수 없었다. 60년이 넘은 저 편의 세월이 어떻게 그렇게 생생하게 떠오르는지 신기하기만 하였다. 나는 그 그림을 식탁 옆에 걸어두고 조바심이 나기 시작했다. 멀지도 않은 고향인데 한번 가 보아야겠다는 생각이 모락모락 피어올랐다.

여름 방학이 되자 설레고 두근거리는 가슴을 안고 고향으로 차를 몰았다. 두 시간 정도 가니 고향 어귀에 다다랐다. 기억 속에 있던 오솔길은 2차선 콘크리트길로 바뀌어 있었다. 청풍읍내에서 냇물을 끼고 꼬불꼬불한 오솔길을 1시간 이상 걸어야 하는 길이었는데 가늠하기가 힘들었다. 몇 번을 오르내렸지만 지난날의 고향집은 보이지 않았다. 근 1시간 이상을 걸려 과거의 고향 집터를 찾았다. 안채와 광과 축사와 사랑방이 달려 있는 바깥채, 그리고 농기구를 넣어두었던 농기구간은 사라지고 식당을 하는 슬레이트 집이 한 채 보일 뿐이었다. 그리고 집 둘레에 있었던 사과나무, 배나무, 감나무, 살구나무도 보이지 않았다. 그리고 어미소와 새끼소가 한가로이 풀을 뜯던 들판에는 폐교된 초등학교 건물이 우두커니 서 있을 뿐이었다. 여름에 자맥질하던 개울은 수자원보호구역으로 지정되어 있었고 고향집으로 들어가는 입구에 서서 오가는 사람들이 따 먹던 대추나무도 사라지고 없었다.

그동안 많이도 변하였다. 도시 소음은 전설처럼 머언 땅, 숫제 소외된 지역처럼 고요한 산촌이었는데 큰 길이 나고 음식점이 생기고 학교가 생겼다가 다시 폐교가 되고. 변하지 않은 것은 아무것도 없었다. 하기야 강산이 여섯 번은 바뀔만한 긴 세월이었으니 말하여 무엇 하겠는가. 고향은 그렇게 사라지고 없었다. 산꿩이 알을 품고 뻐꾸기 울어대던 그런 고향은 이제 한 장의 그림으로만 남아 있다.

수프 이야기

새내기 대학시절 이야기다. 중간고사가 끝나자 내 노트를 빌려보 았던 남학생이 밥을 사겠다고 해서 양식집으로 갔다. 돈까스를 시키고 기다리자 종업원이 수프를 가져다 주었다. 나는 수프를 맛있게 먹었다. 시간이 꽤 흘렀는데도 이 남학생은 수프에 손을 대지 않고 나를 멀거니 바라다보았다.

'이것 먹고 배고파서 어떡해요?' 하며 뭐 더 시켜야 되겠다며 큰 소리로 종업원을 불렀다.

나는 사태를 파악하고 종업원에게 '본메뉴는 언제 나오냐?'고 먼저 물었더니 한 20분쯤은 더 기다리라고 했다. 그는 멍한 표정으로 나와 종업원을 쳐다보았고 종업원은 머리를 갸웃갸웃하며 돌아갔다. 그 남학생은 수프가 그날 메뉴의 전부인 줄 알았던 것 같았다.

미팅을 한 남학생과 저녁을 먹기 위해 양식집을 찾았다. 나는 평소에 먹고 싶었던 비프스테이크를 시켰다. 그도 나와 같은 것으로 주문을 하였다. 곧바로 수프가 나왔다. 나의 수프는 바닥이 나 가는데도 이 남학생은 수프를 건드리지 않았다. 왜 먹지 않느냐는 나의 질문에 그는 뜻밖의 대답을 했다.

"밥 나오면 이것과 같이 먹어야지요. 왜, 밥과 국을 따로 주지?"

그의 말에 '푸아아' 하고 나도 모르게 웃음이 터져 나왔다. 그 바람에 입안에 있던 내용물이 튀어나와 그의 수프에 들어가고 말았다.

나는 눈물이 나도록 배를 잡고 웃었다. 그는 나의 돌발 행동을 멍하니 쳐다보았다. 내가 왜 웃는지 전혀 모르는 눈치였다. 나는 한편 창피하기도 하고 황당하기도 하고 누가 보면 꼭 정신이 십 리는 나간 사람의 행동이었다.

"웬 농담을 그렇게 진지하게 하세요. 식사할 때 농담은 안 되겠네요."

나는 종업원을 불러 수프 하나를 다시 시켰다. 그리고 말했다.

"수프나 드세요. 밥 나오기 전에……."

지금 같으면 '수프와 밥을 같이 먹으면 뭐 어떠냐, 내 편한 대로 먹으면 되지.' 크게 웃을 일이 아니라는 생각이 든다. 그런데 그때는 그 일이 왜 그리도 황당하고 희극적으로 보였는지 모르겠다. 양식집에 가서 제대로 음식을 먹는 것이 무슨 우아한 식사라고 생각한 것이 쓸쓸하기만 했다. 나 역시 바닷가재를 시켜 놓고 어떻게 먹어야 할지 몰라 당황한 적이 있으니 말이다.

1960년대 여학교와 남학교는 교육과정이 달랐다. 가장 큰 차이는 남학생은 기술 과목을 여학생은 가정 과목을 배웠다. 여학생들은 가정 시간에 각종 요리를 배우고 양식 먹는 법을 어렵게 배웠다. 남의 나라 식문화를 배우는 것이 쉬운 것이 아니었다. 시험을 보면 틀린 개수가 참 많았다.

남학생은 특히 시골의 남학생들은 서양 음식에 대해 공부할 기회도 먹을 기회도 없어 실수한 적이 많았다는 이야기를 여러 번 들은 적이 있었다.

각 나라마다 음식문화가 우리나라와 많이 달라서 문화적 충격으로까지 비치는 경우도 있다. 손으로 음식을 먹는 나라, 벌레를 특식으로 섭취하는 나라, 돼지고기, 소고기, 술을 먹지 않는 나라 등 우리가 이해하기 어려운 음식문화가 참으로 많다. 물론 다른 나라 사람이 우리나라에서 느끼는 음식문화 역시 충격적인 것도 많을 것이다.

터키 여행 중에 생긴 일이다. 지중해의 바닷가에 있는 식당에 점심 식사를 하러 갔다. 아담하고 깔끔한 식당이었다. 음식이 나오기 전 일행 중 한 명이 김치를 꺼내놓았다.

모처럼 맡아 보는 김치 냄새가 그렇게 향기로울 수가 없었다. 그 순간 여기저기서 '오우, 노우' 하며 비명을 지르고 식당 문을 바쁘게 나서는 외국 사람들이 보였다. 식당은 순식간에 아수라장이 되고 말았다.

지배인이 우리에게 쫓아와 무슨 가스냐고 소리를 지르고 우리는 식당에서 쫓겨났다. 하는 수 없이 우리 일행은 그 더운 여름날 에어컨도 없고 비릿한 바다 냄새가 나는 야외 식당에서 죄인처럼 점심을 먹었다.

한국 사람들이 터키 여행이 막 시작되는 시점이라 그들이 한국의 김치에 대해서 잘 몰라서 일어난 해프닝이었다. 지금은 김치를 먹어도 그리 놀라지 않을 것이라 생각한다.

인도 여행 초기에 식당에서 손을 씻으라고 내온 물을 마셔서 현지인을 놀라게 했다는 이야기도 들은 적이 있었다.

인도 학생이 한국에 유학을 와서 겪은 이야기가 있다. 그의 친구인 한국 학생이 인도 친구를 초대하여 함께 식사를 하였다. 인도 친구는 너무 맛있는 고기가 무슨 고기냐고 물었다. 한국 친구는 소고기라고 하자 이 인도 친구는 낙담하였다.

인도의 힌두인은 소를 신으로 섬기고 있기 때문에 소고기를 일절 먹지 않는단다. 인도 친구는 자기는 신을 모독하는 죄를 지었으니 벌을 받을 것이라며 깊은 고민에 빠졌다. 이에 한국 친구는 인도의 소는 신일지 모르지만 한국소는 신이 아니다. 그러니 걱정하지 말라고 하였다.

인도 친구는 한국 친구의 말을 듣고 신의 노여움을 살 것이라는 죄의식에서 벗어났다는 이야기를 들었다. 인도의 소도 다 신이 아니다. 생김새에 따라 신이 되는 소도 있고 아닌 소도 있다.

인도에서 치킨점을 한다면 돈을 많이 벌 것이라는 가이드의 말이 생각이 난다. 인도 대부분의 사람들은 소고기를 먹지 않고 나머지는 거의 이슬람인으로 그들은 돼지고기를 먹지 않는다. 그러니 닭고기를 이용한 달콤한 치킨을 만들면 그들이 아주 좋아하는 최상의 음식이 될 것이라는 것이다.

　세계화가 진전될수록 음식문화 역시 세계화가 이루어지고 있는 것 같다. 우리 식탁에는 빵, 치킨, 피자 등등의 서양 음식이 자연스럽게 올라오고 있다. 이제 그 옛날 수프사건 같은 일은 일어나지 않을 것이다.

향기 나는 사람

'향 싼 종이에선 향내가 나고, 생선 싼 종이에서는 생선 냄새가 난다.'
사람도 이와 같지 않은가. 내면으로부터 향기가 나는 사람이 있는
가 하면 나쁜 냄새를 풍기는 사람도 있다. 아무리 아름답고 화려하
게 겉치장을 하여도 속에서 나는 냄새는 막을 수가 없다.

겉모습은 초라해도 단아하고 은은한 향기가 나는 사람이 있다. 고
이태석 신부님이야말로 향기를 풍기는 사람이 아닐까. 그의 일생을
담은 「울지마 톤즈」라는 영화를 보고 그의 향기에 눈이 부셨다. 그의
맑고 고운 영혼이 세태에 찌든 나의 영혼을 흔들었다. 그는 의학도
로서 편안한 길을 갈 수도 있었지만 어려운 길을 택하였다. 신에게
버림받은 땅이라 불리는 가난과 내전으로 참혹한 땅 수단으로 갔다.
그 위험한 지역에서 교육, 의료, 종교 활동을 하다 젊은 나이에 암으
로 세상을 떠난 분이다.

신부님은 밤이든 새벽이든 자신의 몸을 돌보지 않고 잠시의 휴식
도 없이 찾아보는 모든 환자들을 치료해 주었다. 또한 학생들에게
보다 나은 내일의 희망을 안겨주기 위해 학교를 지었다. 성당과 학

교 중 무엇을 먼저 지을 것인가 고민하다가 신이라면 학교를 지을 것이라며 톤즈에 학교를 세워 그들이 미래를 헤쳐 나가길 바랐다. 소년병들에게 총을 내려놓게 하고 연필을 쥐어 주고 악기를 들게 하고 브라스 밴드를 창설하여 아이들에게 웃음을 찾아 주었다. 그는 그렇게 톤즈를 변화시키는 큰 기적을 행하였다. 뜨거운 열정으로 톤즈에서 훌륭한 일을 한 그는 신과 같은 존재로서 톤즈 사람들에게 존경받는 분이다. 그는 수단의 슈바이처로 그분의 삶과 업적이 그 나라 교과서에 실린다고 한다.

세상에 잠시 머물다 간 천사. 정말 천사가 있다면 이런 분이 아니었을까 싶다.

그를 처음 만난 것은 TV를 통해서였다. 자신의 삶을 남을 위해 바친 분답게 정말 순수한 영혼을 지닌 분이었다. 한 번도 직접 만나본 적은 없지만 신부님 기사만 떠 올리면 콧등이 시큰해진다.

그러나 신은 실수를 하고 말았다. 아직은 젊고 아직은 할 일이 많은 그를 왜 데려가셨는지 신은 대답을 해야 할 것 같다. 천사는 세상에 잠시 머물다 떠났지만 그가 행한 사랑과 나눔의 참된 의미는 절대로 잊혀지지 않을 것이다.

감동적인 인간 드라마였다. 신이 너무 바빠서 신 대신 이태석 신부님을 세상에 보내셨다가 다시 하늘나라 일이 바빠서 신부님을 데려가셨다고 누군가가 말했다. 하늘나라에도 환자가 많아 돌볼 의사가 없어서 데려가셨다나. 눈물을 흘리면서도 가슴 한켠이 따뜻해지는 인간적인 너무나 인간적인 분이었다. 하늘나라 천사가 지구별로 여행을 온다면 아마도 이태석 신부님 같은 분일 것이다.

이분처럼 향기 나는 사람들은 도처에 있다. 일 년에 서너 차례 국내외에서 의료 혜택을 받지 못하는 분들에게 무료봉사를 하는 의사와 약사가 내 주변에 있다, 어쩌다 병원에 들르면 봉사활동을 떠나 진료할 수 없다는 이야기를 듣게 된다. 그럴 때면 진료받지 못하는 안타까움보다는 그분들의 사랑의 실천에 가슴이 따뜻해지고 순간 아픈 것도 사라지는 것 같았다. 동남아나 아프리카 국내의 오지마을, 한센인 마을 등이 그분들의 봉사활동의 무대다. 재능을 기부하는 분들 노력봉사하시는 분들 역시 향기 나는 사람들이다. 이런 분들이 계시기에 악취가 진동하는 세상도 향기가 나서 살 만하다.

이름 없이 사랑을 실천하는 사람들 역시 향기 나는 사람이다. 겸허하게 머리 숙일 줄 알고 희생 봉사하면서도 자신을 드러내지 않는 귀한 가치를 지닌 사람들이야말로 진정 향기 나는 사람이 아니겠는가.

난의 향기는 천 리를 가고 사람의 향기는 만 리를 간다고 한다. 사람의 향기는 못가는 곳이 없다. 시간과 공간을 초월한다. 사랑과 우정, 믿음과 봉사로 오래도록 사라지지 않는 향기로 영혼을 채워줄 수 있는 사람이 그립다.

도처에서 우리의 삶을 괴롭히고 갑질하는 사람들도 있지만 고 이태석 신부님 같은 천사가 있어 오늘 하루도 별 탈 없이 무사히 지나간다. 고귀한 정신을 가지고 희생 봉사하는 그 분들 앞에 서면 숙연해질 수밖에 없다.

세상을 바꿀 수는 없어도 한 사람의 인생을 바꿀 수 있는 삶이라면 정말 훌륭한 삶이 아닐까.

사람은 죽어서 이름을 남긴다고 했는데 그가 죽어서 남김 것은 재물도 아니고 권력도 아니고 남에게 베풀었던 선행뿐이라고 한다. 사람은 누구나 저마다의 영혼에 향기를 품고 있다. 그것이 오래 남아 그 향기를 오래도록 전할 수 있으면 좋겠다.

팽목항에 부는 찬바람

영국의 항구도시 리버풀과 마주한 버큰헤드 항에는 기념비가 하나 서 있다.

기념비에는 아프리카 남단에서 침몰한 영국전함 버큰헤드호 사연이 기록되어 있어 보는 이의 가슴을 뭉클하게 한다.

19세기 중엽 영국해군의 자랑인 수송선 버큰헤드호는 남아프리카 케이프타운 65km 떨어진 바다를 항해하던 중이었다. 모두 잠든 새벽 암초에 부딪힌 배가 침몰하기 시작했다. 구명정은 60인승 3척뿐이었다.

이 배에는 함장 '시드니 세튼' 대령을 비롯한 병사 약 500명과 그들 가족 130여명이 타고 있었다. 배안은 갑자기 아비규환으로 변하였다. '세튼 대령'은 병사들을 선미로 집합시켰다. 그리고 가족들을 먼저 구명정에 태웠다. 가족들은 병사들에게 자리가 많으니 구명정에 타라고 외쳤다. 그러나 구명정의 전복을 우려한 '세튼 대령'은 우리를 위해 희생한 가족을 위해 우리가 희생할 차례라고 말하며 부동자세로 서 있을 것을 명령하였다. 그러자 누구 하나도 흐트러짐 없이 그 명령을 수행하였다. 구명정이 멀어지자 병사들에게 배 위의 뜰만한 물건들을 바다에 던지고 뛰어들 것을 명령했다. 나무판자를 잡고 있던 '세튼 대령'은 물속에서 허우적대는 2명의 병사를 발견하고 나무판자를 던져주고는 물속으로 서서히 사라졌다.

영국인들은 아이와 부녀자를 먼저 생각한 '세튼 대령'과 희생된 436명을 기리기 위해 '버큰헤드 스프릿Birkenhead spirit'이라 부르며 명예를 지킬 것을 다짐했다. 이들에게 명예는 공부한 대로 실천하는 것이었다.

이로부터 60년이 흐른 뒤 당시 최고의 기술로 건조한 초대형 유람선 '타이타닉호'가 영국에서 출발해 미국의 뉴욕으로 향하다가 빙산과 충돌하는 사건이 발생했다. 배가 참몰하는 과정에서 선장을 비롯한 많은 남자들이 보여 주는 '버큰헤드 스프릿'과 여덟 명의 악사가 승객을 안정시키기 위해 배가 가라앉는 3시간 동안 연주하는 모습은 매우 감동적이었다.

'타이타닉호'가 침몰했을 때도 '버큰헤드 정신'으로 선장과 승무원 30여명이 끝까지 배를 지킴으로써 천 오백여 명이 목숨을 잃었지만 어린이와 여자 승객 80%가 구조되었다고 한다.

영국 해군에서 만들어진 이 전통은 오늘날까지도 헤아릴 수 없는 수많은 생명을 죽음으로부터 구하고 있다. 그야말로 가장 높고 깨끗한 인간 승리를 상징하는 정신이다.

인간이 만든 전통 중에서 이처럼 지키기 어렵고 또 이처럼 고귀한 전통은 없으리라. 실로 인간으로는 최대한의 자제와 용기를 필요로 하는 행동이다. 영국인들은 사고가 터지면 '버큰헤드 정신'을 외친다고 한다.

그런데 '세월호'는 어떠했는가!

그날 모든 할 일을 제쳐두고 하루 종일 TV 앞에 앉아 차가운 바닷속으로 서서히 사라지는 배를 지켜보며 눈물을 삼켰다. 생중계 되는 화면이 꼭 영화 같았다. 그것도 느린 영화. 차라리 영화였으면 했다. 영화라면 다 구조했을 테니까.

배는 가라앉는데 300명 정도의 어린 학생들이 갇혀 있다고 하는데 구조하는 사람도 구조하라는 사람도 없는 것 같아 숨이 막힐 지경이었다. 나는 믿지도 않는 신을 찾으며 기적이라도 일어나 모두를 구조하게 해 달라고 두 손을 모았다. 물이 밀려드는 어두운 세월호 선실에서 살려 달라고 절규하는 아이들을 생각하면서 신은 무엇을 하고 있는지 정말 신은 존재하는 것인지 신은 어디에 있는지 운명의 신의 무자비함에 진저리를 칠 수밖에 없었다.

그 후 나는 악몽에 시달렸다. 좁은 공간 안에서 물이 차오르는 꿈을 꾸었다. 그 추위와 그 공포를 생시처럼 체험하다 깨어나곤 했다. 참으로 우울하기만 했다. 처절한 유족들의 통곡소리가 가슴을 헤집어 놓곤 하였다.

세상에서 가장 슬픈 항구 팽목항에는 오늘도 찬바람만 불고 세월호를 슬퍼하는 사람들이 걸어놓은 걸개그림과 살아서 돌아오라고 외치는 글을 적은 노란 리본들이 바람에 펄럭이고 있다. 검푸른 바다의 쓸쓸한 팽목항에서 또다시 눈물을 삼켜야 했다. 이제는 잊혀지려는지 오가는 사람도 없이 황량하기만 하다. 물속으로 사라져간 아이들의 사진을 바라보기가 민망하였다.

세월호의 사고는 우리나라의 속살을 고스란히 드러낸 참사였다. 어떻게 수백 명이 넘는 아이들이 배 안에 갇혀 물속으로 사라져 가고 있는데 강 건너 불구경하듯이 대응했는지 관계자들의 의식의 세계를 이해할 수가 없다.

그날 '세월호'가 바닷속으로 사라지는 모습을 보지 않았더라면 이렇게까지 마음이 아프지는 않을 것 같다. 물이 차오르는 배 안에서 살려 달라고 절규하는 이이들의 모습이 떠올라 그날은 견디기가 힘들었다.

문명사회의 척도는 약자에 대한 배려라는 말이 있다. 단순한 힘의 논리가 아니라 힘 있는 자가 힘없는 자를 배려하고 보호하는 전통이 바로 문명사회로 가는 첫걸음이라고 믿는다.

생때같은 자식을 가슴에 묻은 부모들의 한스런 몸부림이 끊이지 않는 이 나라에서 나의 행복을 바라고 있자니 어쩐지 죄스러운 마음이 든다. 어떻게 속죄를 해야 피어보지도 못하고 스러진 어린 넋들이 편안해질까. 비통해하는 것밖에 할 수 있는 게 없다. 지옥은 죽어서 가는 곳이 아니라 아이들이 속절없이 죽어가는 세상이 아니겠는가. 그 날의 슬픔은 여전히 우리 곁에 있어 우리를 슬프게 하고 있다.

버큰헤드호의 전통이 부럽기만 하다.

4부_ 나비야 청산 가자

꿈, 별, 사랑, 행복 등의 단어는 듣기만 해도
가슴이 따뜻해지고 미소가 흐른다.

나 혼자만이 아니라 나비, 범나비 모두 함께 이상향을 찾아가자는 것,
이것은 우리 모두가 바라는 세상이 아닌가.

나비야 청산 가자

나비야 청산 가자 범나비 너도 가자
가다가 저물거든 꽃에 들어 자고 가자
꽃에서 푸대접하거든 잎에서나 자고 가자

작자 미상의 시조로 「청산별곡」의 시구절이 저절로 떠오르고, 박
두진의 「청산도」가 그려지는 경쾌한 가락의 작품이다. 단어의 의미
가 주는 어감은 참으로 신비롭다. 그 단어와 함께 떠오르는 이미지
가 좋은 단어들이 있는가 하면 그렇지 않은 단어들도 있다. 꿈, 별,
사랑, 행복 등의 단어는 듣기만 해도 가슴이 따뜻해지고 미소가 흐
른다. 청산이라는 말의 어감만큼 신선하고 상큼하고 아름다운 단어
는 없는 것 같다.

청산이라는 단어는 주로 속세를 떠난 이상향, 피안의 세계를 나타
내고 있다. 이 시조에서 청산 역시 머루와 다래가 익어가고 세속과
먼 자연의 세계를 나타내는 것이 아니겠는가. 이런 시들을 감상하면
서 황홀할 것만 같은 세상 유토피아를 꿈꾸면서 어쩌면 존재하지도

않는 청산이라는 곳은 내가 소망하는 동경의 세계가 되었다.

동아리에서 청산도를 간다고 했다. 드디어 꿈꾸던 곳에 가는구나 하고 가슴이 설레었다. 왠지 모르게 청산도는 시조의 내용처럼 내가 소망하는 세계일 것만 같았다.

세월호 사건이 일어난 지 3일 후 우리 일행은 청산도로 향하였다. 신분 확인도 없이 엉성한 배에 올라탔다. 그때는 사람들이 배를 타는 것에 대한 두려움이 있을 터인데도 아무런 두려움 없이 배에 올랐다. 오직 청산도에 갈 수 있다는 것만이 중요하였다. 완도항에서 50여 분 거리 그다지 멀지 않은 곳이었다.

여행 하면 해방감과 편안함 또는 설렘 같은 느낌을 준다. 더구나 섬 여행 하면 그 기분 좋은 호기심이 온몸을 휘어잡는다. 나에게 섬은 신비로움이 먼저 떠오르며. 슬프고도 아름다운 전설이라도 전해올 것 같은 느낌을 주는 곳이다.

그곳이 아름답다는 유혹에 배 사고의 두려움 같은 것은 안중에도 없었다. 옛날부터 바다가 없는 산촌에서 살아서인지 섬 하면 신비롭고 환상적인 곳이라는 막연한 그리움의 대상이 되었다. 청산도는 청산여수에서 이름을 딴 섬이라고 한다. 눈부신 푸른 하늘이 펼쳐져 있고 짙푸른 파도가 넘실거리고 그리고 푸른 보리밭이 일렁이는 곳. 노란 유채꽃으로 물든 섬 청산도. 섬 이름이 참 아름답다.

청산도에서 가장 유명하다고 알려진 당리를 찾았다. 항구에서 고개 하나 넘으면 갈 수 있는 곳이다. 몇십 년 전 영화 「서편제」 촬영지로 세상에 처음 알려지게 된 곳이다. 영화의 주인공들이 '진도 아리랑'을 부르며 내려오던 그 길을 걸었다. 노래가 절로 나올 것 같은 경쾌한 분위기였다.

노란 유채꽃이 황금 비단을 깔아 놓은 듯이 아름다웠다. 드라마 「봄의 왈츠」세트장인 하얀 양옥집과 노란 유채꽃이 어울려 한 폭의 그림을 연상하게 해 주었다. 요한 슈트라우스의 경쾌한 리듬의 「봄의 왈츠」가 어디선가 들려오는 것 같았다. 드라마 「봄의 왈츠」는 삭막한 현대인들에게 순수하고 아름다운 사랑의 힘을 일깨워준 치유의 드라마였다. 모든 것을 수용하는 대자연과 변함없는 계절의 아름다움 그 속에서 펼쳐지는 두 남녀의 순수하고 순결한 사랑은 보는 이의 가슴을 따뜻하게 해 주었다. 드라마 「봄의 왈츠」는 섬세함과 서정적 영상미를 통해 다시 한 번 우리들 가슴 한켠에 간직해 두었던 아련한 향수를 일깨워 준 당시 최고의 영상미를 자랑하는 힐링 드라마로 청산도의 아름다운 모습을 그대로 보여 주었다.

청산도는 '절로 발걸음이 느려진다' 하여 슬로길이라는 이름이 붙여진 섬으로 느림의 삶을 추구하는 운동과 걸맞은 곳이다. 아름다운 섬 청산도는 한 폭의 동양화 같은 몽돌 해안과 푸른 바다 풍경들이 가슴 가득이 즐거움과 행복감을 안겨주는 곳이다. 그 아름다운 곳에 청보리가 자라고 있다. 무릎까지 자란 청보리가 살랑이는 봄바람에 하늘거리는 모습이 비단결처럼 곱다.

청산도의 수호신 범바위를 찾았다. 가파른 능선에 범 한 마리가 웅크리고 적을 노려보는 듯한 모습이다. 호랑이 한 마리가 범바위에 올라가 포효하다 메아리가 되어 돌아온 제 소리에 놀라 도망친 뒤 청산도에는 호랑이가 나타나지 않는다는 전설이 전해오고 있다. 또 청산도에는 전설 같은 실제 이야기도 전해지고 있다.

18세기 중엽에 이곳을 항해했던 장한철의 『표해록』에 의하면 이곳 당리 이야기가 나온다. 제주도에서 한양으로 과거를 보러가던 장한철이 탄 배가 갑자기 풍랑을 만나 청산도 주위에서 난파되어 29명 중 8명만 섬사람들의 도움으로 살아나서 귀향을 하였다고 전한다. 그 중 한 사람인 장한철이 청산도 여인과 꿈같은 밤을 보내고 귀향했던 애틋한 사랑 이야기가 전하는 곳이 이곳 당리이다.

장한철은 바다 한가운데서 생과 사의 갈림길에서 정신을 잃었다. 그때 소복을 입은 여인이 나타나 자신에게 물을 먹여주는 환상을 경험하게 된다. 그는 그 물을 받아 마시고 정신을 차렸다. 청산도에 도착해 어느 정도 몸을 회복한 그의 일행은 며칠 후 마을의 당집에 들리게 된다. 장한철은 그곳에서 자신이 생사의 갈림길에서 만난 무녀의 딸인 소복 입은 여인을 만난다. 그날 밤 그는 이 여인과 꿈같은 하룻밤을 보내게 된다.

『표해록』에는 바다에서 겪었던 사건들을 실감나게 설명하고 있으며 한 여인과의 로맨스를 아름답게 표현하고 있다. 청산도는 전설처럼 사랑의 섬이라고 해도 좋을 것 같은 분위기를 느끼게 하는 섬이다.

청산도는 다시 찾고 싶은 아름다운 섬이다. 섬사람들의 따뜻한 인심이, 섬의 고운 빛깔이, 아름다운 섬의 모습이 우리를 다시 오라고 손짓하고 있다.

시조에서 화자가 가고자 하는 청산이 바로 이 청산도가 아니었을까 하는 생각을 해 본다. 나 혼자만이 아니라 나비, 범나비 모두 함께 이상향을 찾아가자는 것, 이것은 우리 모두가 바라는 세상이 아닌가.

로렐라이 언덕

보고 싶다. 얼마나 아름다울까.

중학교 때 음악 시간에 「로렐라이 언덕」이라는 노래를 배우며 그 언덕에 대해 환상을 품은 적이 있었다. 그림 같은 라인강, 동화 같은 로렐라이 언덕. 울음이 터질 것 같은 슬픔과 색채를 가득담은 아름다운 곡. 그리고 신비로움을 느끼게 하는 가사의 내용 등이 신기루처럼 다가왔다. 그 노래를 배우고 나는 아주 오랫동안 그곳에 대한 황홀함과 그리움으로 몸살을 앓았다. 당시에는 낭만적인 그 노래와 전설이 독일에 대한 동경심을 지니게 만들었다. 그곳은 태양빛이 더욱 찬란하게 비추고, 해질녘에는 고운 금빛 햇살이 언덕에 폭포처럼 쏟아져 내릴 것 같은 곳이라고 생각되었다. 마법에 걸린 사람처럼 오랫동안 노래와 전설이 뇌리에 남아 떠나지를 않았다. 독일에 가면 꼭 이 언덕을 보리라고 다짐을 했다.

여행은 기대와 즐거움으로 시작하지만 아쉬움으로 끝나는 경우도 많았다. 로렐라이 언덕도 예외가 아니었다. 어렸을 때 그토록 환상을 가지고 찾아간 「로렐라이 언덕」은 너무나 평범하여 기대만큼이

나 실망도 컸다. 백여 미터가 넘는 거대한 바위 언덕 위의 전망대에서 흐르는 라인강을 보는 것이 전부였다. 그래도 전 세계에서 수백만 명의 관광객이 이곳을 보고 싶어 찾아온다.

무슨 매력 때문인가. 그것은 그곳에 얽힌 전설과 노래 때문이다. 풍경은 별것 아니지만 애절한 로렐라이의 혼이 깃든 이곳이 더없이 아름다워 보인다. 평범함이 위대하다고 했던가. 그 평범한 바위 언덕이 그처럼 아름다운 곳으로 세계인의 사랑을 받는 곳이 될 줄은 정말 누구도 알 수 없었을 것이다.

이곳은 강폭이 좁아지고 물살이 갑자기 급류로 바뀌면서 언덕을 휘돌아 내려가기 때문에 라인강에서 가장 운전하기 힘든 곳이라 한다. 자연적으로 사고가 일어날 수밖에 없는 지리적 상황과 자주 일어나는 사고를 이용하여 전설을 만들어낸 그들의 발상이 그저 놀라울 따름이다.

유명한 관광지란 풍경에 관계없이 어떤 이야기가 스며 있는 곳인지도 모른다.

사랑하던 연인이 떠나간 후 그를 간절히 기다리던 로렐라이가 석양녘에 황금 머리를 휘날리며 노래를 불러 뱃사공들을 죽음으로 몰아넣고 자신 역시 라인강에 몸을 던져 사랑하는 사람의 뒤를 따라갔다는 내용이 안타깝기도 하고 아름답기도 하다. 로렐라이의 그 아픈 사랑이 바위에 애달프게 물들어 세상 사람들의 마음을 유혹하고 세계인의 마음을 움직였으리라.

「로렐라이 언덕」은 라인강 기슭에 솟아있는 평범한 바위 언덕을 독일의 국민 시인인 하이네가 이곳을 아름답게 시로 표현하고 질허가 곡을 붙여 노래를 부름으로써 명작의 고향으로 유명한 곳이 되었다고 한다. 한 문학가의 위대한 영혼이 세계인의 발길을 끌어들이는 현실을 보며 새삼 문화가 얼마나 큰 힘을 발휘하는가를 실감하게 된다.

사랑 때문에 살고, 죽고, 울고, 웃고 하는 것은 예나 지금이나 동양이나 서양이나 다름이 없는 것 같다. 「로렐라이 언덕」 같은 이야기가 살아 있는 세계적인 관광명소가 우리나라에도 많이 나타났으면 하는 바람이다. 솔직히 말해 로렐라이 언덕 같은 경치는 우리나라에도 수없이 많다. 단지 관광지로 개발하지 않아 알려지지 않았을 뿐이다. 스토리도 없고 홍보도 부족한 탓일 것이다.

바닷가의 단애斷崖, 맑은 계곡, 고을마다 언덕마다 골짜기마다 서리서리 쌓인 전설들이 이 땅에는 얼마나 많은가. 그것들을 잘 정리하여 관광지로 개발한다면 우리도 세계인이 찾는 명소를 만들 수 있을 것이다.

세계의 여행객들은 오늘도 이곳에 와서 '로렐라이'의 슬픈 영혼을 조상하며 애달파한다. 절절한 사랑도 시간이 흐르면서 잊혀져 가고 슬픔도 시간 속에서 풍화되고 말지만 유명한 장소는 시간이 흐를수록 더욱 빛나는 것 같다. 「로렐라이 언덕」처럼. 수많은 뱃사공의 영혼이 서려 있고 로렐라이의 애처로운 전설이 깃든 라인강 언덕에 지금도 햇살이 찬란하게 비추고 있으리라.

바람의 섬

지난밤엔 바람이 몹시 불었다. 오늘 아침은 그 바람이 어디쯤에 머물고 있는지 고요하다. 이런 아침 공기는 청량하다. 민박집 돌담 너머에 노란 유채꽃이 눈부시고 바다는 아침 햇살에 반짝이며 금빛 은빛으로 출렁이고 있다. 그 모습이 아름다워 계속하여 카메라 셔터를 눌러대었다. 3번째 제주도 촬영에 나선 것이다.

신풍리 해변의 목장, 푸른 초원에서 말과 소가 함께 뛰어다니는 모습은 정말 이국적인 풍경이다. 푸른 초원 앞에 끝없이 펼쳐진 바다는 눈이 시리도록 상쾌하다. 제주도는 그렇게 나에게 다가왔다.

김영갑 갤러리 두모악을 찾았다. 제주도를 찾아왔다가 제주도에 반해 제주도에서 살다가 제주도에 몸을 묻은 사람이다. 갤러리 안에는 자신의 생명과 맞바꾼 작품들이 전시되어 방문객을 맞고 있다.

수많은 날들을 카메라를 매고 제주의 산과 들과 바다를 찍은 사진작가 김영갑. 제주의 돌 하나 풀 한 포기까지 그의 카메라의 눈을 다 스쳐갔고 제주도의 모든 것은 그의 필름에 담겨 있다. 허기를 달래가며 밥 대신 필름을 사고 제주의 외로움과 평화를 필름에 담았다.

그러던 그에게 카메라를 들지도 못하고 제대로 걷지는 못하는 근육이 굳어지는 희귀병 루게릭이라는 불청객이 찾아왔다. 현대의학이 포기한 병이다. 그는 호흡곤란으로 죽음과 마주하면서도 제주도를 찍고 또 찍었다. 그야말로 치열한 삶이었다.

그가 찍은 사진에는 바람이 있다. 그리고 야생적이며 원초적인 적막감과 그리움이 진하게 배어 있다. 바람이 불고 풀이 눕고 구름이 흘러간다. 숲을 스쳐가는 바람이 슬프고 곱게 물든 노을이 슬프다.

가족 없는 그가 혼자 이곳에 와서 외롭게 살다보니 자신의 심정이 사진 속에 그대로 투영되었으리라. 그는 평생 외로운 삶을 살다 혼자 외롭게 떠나갔다. 비명 한 번 내지르지 못하고 불평 한 번 못하고 저 세상으로 갔다.

그는 세상 돌아가는 이치가 궁금해 사진작가가 되었고 사진을 찍으며 아름다운 세상을 보았다고 했다. 대자연에서 신비를 느끼고 하늘과 땅의 오묘한 조화를 깨달았노라고 말하고 있다. 제주는 김영갑의 뛰어난 감수성으로 발견한 흥미로운 땅이며 나를 유혹하는 땅이기도 하다, 제주도는 수많은 작가들로 하여금 매력적인 곳으로 변신하고 있다.

가정생활도 직장 생활도 힘든 삶을 살며 방황하던 어느 날 느닷없이 카메라가 나를 유혹했다. 사진에 바람이 난 것이다. 그 후 20여 년 바람처럼 카메라를 매고 산과 들로 돌아다녔다. 노을 진 들길을 쫓고 갈대숲을 찾아 헤매다 새벽에야 집에 들어오곤 하였다. 피사체를 앞에 두고 빛과 그림자를 촬영하기 위해 해가 구름 속에서 나오기를 하염없이 기다리기도 하고 빗방울을 찍겠노라고 흠씬 젖은 일도 있다. 해돋이 사진을 찍겠노라고 자정에 진부령을 넘기도 하고 서해 바닷가에 가서 수평선 너머로 사라지는 해의 모습을 무작정 기다리기도 했다. 어떤 구름에 어떤 채색을 한 하늘을 보여줄까 궁금해 하며. 해가 뜨는지, 해가 지는지 어떤 구름이 일어나는지, 비가 오는지, 바람이 부는지 작가에게 더 큰 관심은 없다. 하루 중 사진을 찍을 수 있는 시간은 그리 길지 않다. 원하는 황홀한 광경이 펼쳐지는 것은 삽시간에 사라진다. 일초만 놓쳐도 그 시간은 영원히 다시 보지 못한다. 사진은 빛과 시간의 처절한 싸움이다. 찰나의 순간을 포착하는 순발력도 피사체를 보는 감각도 필수적이다. 셔터를 눌려야 할 그 순간에 필름이 끝났거나 건전지가 방전되었을 때의 그 심정이야말로 정말 경험해 보지 않은 사람은 도저히 알 수가 없다.

제대로 된 사진 한 장쯤은 건져야하지 않겠느냐하는 심정으로 산으로 들로 바다 건너까지 헤매고 다녔다. 몽골의 사막을 헤매기도 하고 인도네시아의 밀림에도 들어가 보았다. 나이아가라 폭포의 장엄함과 앙코르와트 사원의 비경 앞에서 감탄하고 전율하며 셔터를 눌러보았지만 그것은 그냥 남들이 다 찍은 그렇고 그런 사진이었다. 사람을 감동시키는 영혼이 없었다. 대작을 만들겠다는 것은 그저 허황된 꿈에 지나지 않았다.

어느 순간부터 카메라를 드는 것이 버거워지기 시작했다. 부질없는 욕심을 따라가다 보니 더욱 더 절망만 느낄 뿐 즐거움이 사라졌다. 행복해지기 위해 카메라를 들었다가 행복해지기 위해 카메라를 내려놓았다. 홀가분했다. 그 무거운 짐을 버리니 머리가 한없이 가벼워졌다. 훌륭한 사진을 찍겠다는 욕심을 버리고 나니 조급했던 마음도 편안해졌다.

스산스런 봄이 바람과 함께 떠나고 있다. 간밤에 떨어진 꽃잎도 봄 배를 타고 어디론가 떠나간다. 아쉽고 서운하다.

김영갑 갤러리를 나오면서 그분의 처절한 삶과 사진 예술에 대한 열정에 숙연해졌다. 인생은 바람 같은 것 머물지 않고 흘러갈 뿐이다. 어느 쪽으로 또 다른 바람이 내 생애에 불어올지 알 수가 없다. 예술혼을 불태우며 짧은 생을 살다간 김영갑을 생각하며 내 살아온 인생을 반추해 본다.

인디언의 비애

머나먼 대륙, 미국을 여행했다. 미국은 다니면 다닐수록 신비로운 땅이며 축복받은 땅이라는 생각이 들고 보면 볼수록 거대한 자연 앞에 무색해질 수밖에 없었다.

나바호 인디언들의 보호구역인 애리조나주를 찾았다. 차창 밖으로 스쳐가는 인디언 보호구역에 갇혀 살고 있는 그들의 모습에서 팍팍한 삶이 전해져 왔다. 포로수용소 같이 격리된 땅을 보호구역이라고 하니 모순도 이만저만이 아니다. 멸종 위기에 놓인 그들을 보며 미국 건국의 아픈 역사를 생각하며 그들의 아픔에 공감했다.

광활한 대륙을 힘차게 달렸을 용감하고 높고 맑은 영혼의 소유자였던 그들이 이제는 보호구역 안에서 동물 같은 취급을 당하며 사람들의 노리개가 되어 관광 상품으로 이용당하는 것을 보고 서글픈 마음이 들 수밖에 없었다.

청소년 시절 백인과 인디언이 나오는 미국의 서부 영화를 무척 좋아했다. 드넓은 황야의 모습, 경쾌한 휘파람소리, 총소리, 따가닥거리는 말발굽 소리와 자욱한 먼지, 신이 나는 결투 장면 이런 것들이 가슴을 뛰게 만들었고 감수성이 예민한 나의 마음을 완전히 사로잡았다.

서부의 황야에 여러 마리의 말이 끄는 역마차가 멀리서 힘차게 달려오면 무서운 인디언들이 절벽 밑에 숨어 있다가 말을 타고 스윽 나타난다. 험상궂은 모습을 하고 괴성을 지르면서 나타난 인디언들은 역마차를 습격하여 사람을 무자비하게 죽인다. 그러면 백인 주인공은 총을 쏘아 그들을 모두 쓰러뜨리고 승리를 거둔다. 그런 장면을 보면서 박수를 치고 소리를 지르며 환호했다. 백인은 착하고 정의로운 사람으로, 인디언은 잔악무도하고 사탄의 문화를 가진 짐승 같은 악인으로 묘사되었다. 영화 덕분에 나 역시 백인들을 괴롭히는 인디언들은 그 땅에서 사라져야 할 인간들이라는 고정관념이 생겼다. 서부개척이라는 이름으로 미화된 미국의 서부영화를 보면서 그들의 문화에 압도되어 그들을 찬양하였다. 미국 정부와 헐리웃이 만들어 준 인디언들의 이미지가 전부였던 나는 극심한 사대주의자였던 것이다.

그러다가 「솔져 블루」라는 영화를 보면서 내 환상은 산산조각이 났다. 영어 공부는 하지 말아야지 하는 오기까지 생겨났을 정도였으니까. 아메리칸 드림을 가슴에 품고 있던 나는 부끄러움에 어찌 할 바를 몰랐다.

이 영화는 1960년대 말에 미국 사회 전반에 걸쳐서 일어났던 인종 차별 문제와 베트남 전쟁의 와중에서 전쟁을 반대하는 반전사상이 일어나던 시대에 만들어진 정치성이 짙은 작품이었다. 우리나라에서 이 작품을 개봉할 당시 잔인한 장면들은 가위질을 하여 원작을 많이 훼손했다는 지적이 있었다. 그럼에도 난 이보다 더 잔인한 영화를 본 적이 없다.

영화의 내용은 19세기 중엽, 칠백여 명으로 구성된 콜로라도 기병대가 인디언 샤이언족 오백여 명을 잔인하게 학살한 실화를 바탕으로 한 것이다. 피해자 가운데 절반은 힘없는 노인과 어린아이들이었다. 백기와 성조기를 들고 항복을 하는 인디언을 무차별적으로 학살한 사건이기 때문에 이 학살을 지휘한 '넬슨 마일즈' 장군은 미국 역사상 가장 부당한 학살을 저지른 장군으로 알려져 있다고 한다.

이 영화를 보고 지금까지 나 자신에게 속은 것이 억울하고 나 자신의 무지에 대해 울컥하고 말았다. 죄 없이 죽어야만 했던 인디언들이 가엾어서 몇 날 며칠을 가슴 아파하며 나 자신을 자책하였다. 한동안 처참하게 죽어가는 인디언들의 장면이 떠오를 때마다 속이 울렁거렸다. 인간은 도대체 어디까지 잔인해질 수 있는지 가늠이 되지 않았다. 특히 아무 것도 모르는 천진한 어린 아이들까지 무참하게 살상하는 그들이야말로 사라져야 할 인물로 생각하였다. 「킬링필드」와 대적할 수 있을까? 영화 본 것을 후회했다.

인디언의 입장에서 보면 미국의 역사는 인류 역사 이래 가장 처절한 인종학살의 역사였다. 미국은 인디언을 한 명 한 명 살해하며 드넓은 서부를 개척하며 영토를 확장해 나갔다. 아메리카 인디언들은 자신들의 땅을 다 내주고 사회의 빈곤층을 이루며 백인들이 던져주는 빵과 고기를 얻어먹으며 근근이 살아가고 있다. 물론 자신의 노력에 따라 신분상승을 할 수도 있다. 미국은 흑인인 오바마가 대통령이 되는 꿈과 희망의 나라가 아닌가. 그러나 그 말은 인디언에게는 적용되지 않는 말이다. 오늘날의 미국은 자신들의 어두운 역사를 바로하기를 외면하면서 역사와 현실을 왜곡하고 있다. 인디언은 사라진 역사로 만든 아쉬움이 남는 박물관이라는 말이 맞는것 같다.

콜럼버스가 신대륙을 발견한 찬란한 역사 뒤에는 아메리카 원주민에게는 땅을 빼앗기고, 말言語을 빼앗기고, 생명을 빼앗기고, 삶의 모든 것을 송두리째 빼앗긴 처절한 역사가 자리하고 있다. 미국의 백인들은 모두가 이방인들이다. 원주민이 아니다. 그럼에도 그들이 주인 행사를 하고 있으니 어이가 없을 뿐이다. 역사는 강자에 의해 흘러가고 마는가. 그저 안타까운 마음뿐이다. 그들이 인디언 보호구역에서 벗어나기는 극히 어렵다고 한다.

흔히 서부 개척시대라는 이름으로 미화되고 있는 서부로의 이주 과정은 인디언들에게는 목숨과 생존권을 위협하는 절체절명의 문제였다. 미국의 건국은 인디언들에게는 비극의 시작이었다. 미합중국이 건설되면서 인디언 섬멸작전을 통해 헤아릴 수 없이 많은 인디언이 학살당했으며 살아남은 인디언들은 보호구역으로 몰아넣었다. 그들은 거주 지역의 자유를 박탈당한 채 오늘을 살아가고 있다. 몇 푼의 보조금을 받으며 미래 없는 나날을 보내며 술과 마약에 찌들어 희망이 없는 세월을 살고 있다는 말에 서글픔을 느꼈다.

패자는 말이 없다. 미 서부 여행은 인디언들의 아픈 역사와 마주하는 여행이기도 했다.

방포해수욕장의 추억

방포해수욕장을 찾았다. 안면도에 있는 이곳은 젊은 시절 한때 추억이 서려 있는 곳이다.

대학 4학년 때 개천절 연휴를 맞이하여 2박 3일 여정으로 이곳으로 여행을 왔다. 서울서 몇 번의 버스를 갈아타고 저녁 늦게 해수욕장에 도착했다. 해변 가까운 곳에 민박을 정한 후 조개를 잡아서 조갯국을 끓여 저녁을 먹고 우리는 바닷가로 나왔다. 보름달이 뜬 바닷가는 그대로 하나의 예술 작품이었다. 달빛에 물든 바닷가의 풍경은 환상적이었다. 바다는 물결 따라 달빛을 받아 현란한 은색으로 출렁거렸다. 친구와 나는 아무도 없는 바닷가를 신나게 뛰어다니며 가을밤의 바다를 만끽하고 있었다. 그런데 난데없는 호령이 날아들었다.

"꼼짝 말고 손들어, 움직이면 쏜다."

해안선의 끝자락 산 위에서 서치라이트가 환하게 비추고 군인 3명이 총을 겨누고 우리를 향해 저벅저벅 걸어왔다. 그들은 가까이 다가와서 우리를 에워싸고 총을 겨누며 총의 안전장치를 풀었다. '철커

덕' 하고 들려오는 쇳소리에 심장이 멈추어 버리는 것 같았다. 나와 친구는 엉겁결에 두 손을 번쩍 들고 땅바닥에 철퍼덕 주저앉아 버렸다. '이렇게 죽는구나.' 하는 생각밖에 아무 것도 떠오르지 않았다.

나는 떨리는 목소리로 떠듬떠듬 '왜 이러냐?'고 간신히 입을 열었다. 친구는 무서워서 벌벌 떨기만 하였다. 하기야 내가 이곳에 오자고 꼬드겨서 따라왔으니 모든 책임은 내가 져야 했다.

군인들은 우리에게 '왜 여기에 왔느냐?'고 화를 내며 우리의 잘못을 설명해 주었다.

'여기는 작전지역이다. 표지판 못 보았냐? 3년 전에 이곳으로 무장 간첩선이 들어와 총격전이 벌어진 곳이라 군부대가 주둔하게 되었다. 저녁 8시가 되면 민간인은 절대로 들어와서는 안 되는 통제구역이다. 당신들은 통행금지 시간도 어기고 바다에 여러 개의 발자국을 남겨 우리들 일에 차질이 생겼다. 부대로 가서 조사를 해야겠다.' 대강 그런 내용이었다.

군사정권의 장기집권에 지식인과 대학생들의 저항으로 군경이 예민한 시기에 이런 일이 일어났으니 정신이 아득하였다. 잘못해도 크게 잘못한 것 같았다. 부대로 끌려가면 살아남지 못할 것 같은 생각이 순간 들었다. 빨리 이 군인들로부터 벗어날 방법을 찾아야 했다.

'우린 수상한 사람 아니다. 표지판 보지 못해 이런 일이 일어났다. 용서해 달라. 우리 서울 살고 있는데 4년 전에 남편과 함께 이곳에서 텐트 치고 놀던 것만 생각해서 이렇게 된 것이다. 우리 남편 알면 큰

일 나니 제발 우리 돌아가게 해 달라.'라고 벌벌 떨면서 횡설수설 애원을 했다.

우리보다 어린 군인들에게 무릎 꿇고 빌어야 했으니 참 망신스럽고 부끄러운 일이었다. 내가 태어나서 무릎을 꿇고 그토록 간절하게 용서를 빈 것은 그것이 처음이었다. 그들은 서로 얼굴을 마주 대고 한참 떠들더니 우리를 풀어 주었다. 남편이 있다는 거짓말에 흥미를 잃은 건지 정말 별일 아니어서인지 모르겠지만 그들로부터 간신히 벗어났다.

대학 1학년 여름, 우리 국문과 일행은 이곳으로 캠핑을 왔었다. 철없던 시절 우리는 밤을 새워 가며 모닥불 피어 놓고 춤추고 노래하며 그 순간을 즐기었다. 여름 바다의 밤은 낭만적이었다. 그곳에는 꿈이 있고 젊음이 있었다. 그렇게 아름답던 지난날을 추억하기 위하여 친구와 함께 이곳에 왔는데 이제 이곳은 그 아름답던 모습이 악몽으로 기억될 것만 같았다.

이튿날 아침 서둘러 서울로 돌아왔다. 꼭 호랑이굴에서 탈출한 느낌이 들었다. 학교에 와서 제대 후 복학한 친구에게 그 이야기를 하였다. 우리의 행동이 잘못되지 않았고 그 군인들이 너무했다는 동정의 말을 듣길 바라며.

"너 군인들이 총 쏴 죽여도 할 말 없다. 네가 잘못한 거야. 어디 여자들이 밤에 작전 지역에 허락도 없이 들어가서 돌아다니니? 그리고 지금이 어떤 시대냐?"

전 국민이 이념의 격랑에 휘말리며 허우적대던 시기에 우리들의 행동은 용서받지 못할 만큼 큰일일지도 모르겠다는 생각이 들기도 했다.

나는 지금도 우리가 총에 맞아 죽을 정도로 그렇게 큰 죄를 지은 것인지 아니면 그 군인들이 우리에게 장난을 친 것인지 알지 못한다. 우리가 정말 잘못한 것이라면 무사히 돌려보내준 군인들에게 깊은 감사를 드린다.

그곳에 다시 왔다. 이곳은 올 때마다 다른 모습을 보여준다.

전에 보았던 이곳은 고즈넉한 바닷가 작은 섬마을이었다. 야트막한 초가들이 옹기종기 모여 앉은 정겨운 마을, 섬 총각이 멋쩍은 미소를 던져주던 순박한 어촌이었다. 조용하고 순박한 어촌 마을이었는데 개발의 바람이 거세게 불어와 마을을 온통 펜션 마을로 바꾸어버려 그 전의 모습은 하나도 남아 있지 않았다.

지금 이곳은 밤이 되면 폭죽이 터져 하늘을 물들이는 자유로운 곳이 되었다. 캠핑장도 마련되어 있어 펜션에서 묵으며 캠핑도 즐길수 있는 환상적인 곳으로 펜션과 바다가 어우러진 동화 같은 마을이다. 많은 사람들이 이곳을 찾아 경치에 취하며 달콤한 휴식을 즐기는 곳이 되었다.

해안도로를 따라 그림처럼 이어져 있는 펜션들은 저마다의 개성을 자랑하며 관광객을 부르고 있다. 이곳에 간첩선이 들어왔다는 것이 도저히 믿어지지 않을 정도로 평화롭고 아름다운 마을이다. 방포해수욕장과 맞붙은 꽃지해수욕장은 우리나라 최고의 낙조로 알려져 있다. 아름다운 할미 바위와 할아버지 바위를 배경으로 넘어가는 붉은 태양이 빚어내는 저녁노을은 황홀하고 장엄한 정경을 연출한다. 앞으로 이 마을이 또 어떻게 변해갈지 궁금하기만 하다.

오늘도 그날처럼 달이 밝고 파도 소리가 들린다. 옛날처럼 바닷가를 뛰어다니며 달을 희롱하고 싶지만 그럴 나이는 지난 것 같아 창문을 통해 해안선을 바라다 볼 뿐이다.

펜션에 아침이 밝아 온다. 바닷물이 물결 따라 은색으로 금색으로 보석처럼 반짝거린다. 눈이 부시다. 고깃배 서너 척이 수평선에 걸려 조용히 미끄러지고 있다. 갯벌에는 아침부터 여러 명의 여행자들이 나와 조개를 캐기 위해 갯벌을 뒤지고 있다. 그 모습들이 바다와 어울려 한 폭의 정겨운 그림을 연상하게 했다. 이런 평화가 우리나라 한반도 땅 전역에 오길 기대해 본다.

끊임없이 달려드는 파도가 하얀 포말을 일으키는 바다에 마음을 두고 다음 여행지를 향해 발길을 돌렸다.

산사(山寺)에서

　금수산 중턱의 작은 사찰에 와 있다. 한여름이건만 계곡의 물소리가 차갑게 들려온다. 청풍면 금성에서 좁은 산길을 올라 산모롱이를 돌고 돌아 다다른 곳에 산사가 있다. 가끔 인적이 드문 한적한 곳에서 하루 정도 묵으며 자연 속에서 아무런 생각 없이 느긋한 여유를 보내고 싶었는데 그 뜻을 이룬 것이다.

　이 절은 금수산의 7부 능선쯤 될까 말까 한 곳에 아담하게 자리 잡은 고요한 사찰로서 신라시대에 창건되었다고 전해진다. 천년 이끼 낀 기왓장이 오랜 역사를 말해 주고 있다. 대개의 절은 일주문을 지나고 사천왕상이 있는 곳을 지나 경내로 들어오는데 이 절은 그런 것이 없다. 사찰 경내로 들어서는 입구는 일반인의 집 좁은 문을 지나는 것 같은 착각이 든다. 문을 열고 들어서면 바로 극락전과 요사체가 보이고 그 뒤로 산신각과 칠성각이 자리 잡고 있다. 가파른 산길을 올라오면 이 절 입구에 들어서기 전에 큰 바위가 있다. 바위굴로 스님이 수도를 했을 것만 같은 인상을 풍긴다. 신비로운 전설이라도 있을 것 같다. 이곳에 오면 꼭 먼 과거로 돌아간 것 같은 느낌이 든다. 도시의 소음은 전설처럼 먼 곳이다. 고요한 산속에 계곡을 울리는 물소리가 들리고 이름 모를 풀벌레 소리만이 들린다. 가끔가다 이름을 알 수 없는 짐승들의 울음소리도 들린다. 태곳적 모습이 이런 곳이 아니었겠는가 하는 생각이 든다. 알 수 없는 외로움과 고독감이 밀려오는 밤이지만 행복한 밤이다. 내가 사랑하는 사람들과 함께 숨을 쉬는 이곳이 정겹기만 하다. 이 절은 사촌동생 내외가 불사를 하며 자주 찾는 곳이다. 나는 불교와는 인연이 없지만 이곳에 오면 마음이 편안해진다.

동생 부부는 끼니때마다 정성 들여 밥을 지어 부처님께 공양을 하고 법당을 드나들며 부처를 우러러 합장을 하고 절을 하고 있다. 무슨 간절한 염원이 있는지는 가늠할 길이 없지만 보기에도 간절한 기도 같다. 시간 가는 줄 모르고 법당에 엎드려 간절히 기구하는 모습을 볼 때면 때로는 경외심을 느끼게 된다. 누군가에게 절절한 기도를 해본 적이 없는 나로서는 그것을 이해할 수가 없다.

어둠이 채 가시지 않은 새벽 법당의 분위기는 신령스러운 느낌을 가지게 한다. 안개가 가시지 않은 새벽 다람쥐 한 마리가 섬돌을 돌아간다. 절 주위에서 오래 살다보니 불심이 생겼는지 두 손을 모아들고 나를 잠깐 바라보는데 앙증스러운 그 모습이 꼭 합장하는 모습만 같아 신기했다. 스님의 독경소리는 표현하기 어려운 힘이 들어 있다. 젊고 잘 생긴 남자가 무슨 연유에서 속세와 인연을 끊고 출가하여 이 심산유곡으로 들어왔는지 자못 궁금하였지만 혹시나 실례가 되지 않을까 하여 입을 열지 못하였다. 두고 온 애인, 다정한 어머니의 손길을 뿌리치고 생의 진리를 찾아 큰 뜻을 품고 출가를 했다 하더라도 뼈를 깎는 고뇌와 갈등으로 숱한 밤을 지새웠으리라. 수행을 하는 구도자나 평범한 삶을 엮어가는 우리 속인들도 결국 삶 자체가 자기와의 싸움이고 보면 어찌 고독에 젖지 않을 수 있겠는가. '고독해야 생각을 깊게 하고, 생각해야 인간으로 태어난 보람을 찾을 수 있다'는 누군가의 말이 생각난다. 깊은 산속에 울려 퍼지는 풍경소리와 스님의 독경소리는 침묵하는 산속에 울려 퍼지고 중생들에게 불심을 깨우치는 것 같다. 오욕칠정五慾七情을 모두 버리고 불교에 귀의한 스님의 마음이 어떠했을지 나로서는 헤아릴 수가 없다.

고등학교 3학년 여름방학 때 이곳에 와서 공부를 하겠노라고 책을 한 꾸러미 싸들고 들어온 적이 있었다. 동생들이 많아 시끄럽고 공부할 수 없는 분위기라 조용한 이곳에서 한 달만 있겠노라고 왔다가 3일 만에 하산을 하고 말았다. 스님이 계시고, 공양주 보살님이 계시고, 빛이 바랜 낡은 군복을 입었던 사시 준비생이 있었건만 나는 너무 외로웠다. 조용한 곳이니 공부하기 좋은 조건이라 믿었건만 가족들이 보고 싶어 견딜 수가 없었다. 작심삼일이었다. 속세와 인연을 끊기 위해 외로움과 고독과 싸워야 하는 수도승들의 고뇌가 나의 가슴속에 전해져 온다.

불교는 내가 누구인가를 깨닫는 종교며 그 깨달음으로 성불할 수 있다고 한다. 법당 앞에 앉아 불교의 교리를 생각하며 불상을 올려다보았다. 근엄한 표정이지만 인자한 미소를 머금고 있다. 불교 신자가 아닌 나도 사찰에 들어가면 경건한 마음을 갖게 되는 것을 보면 내 마음속 어딘가에도 불심이 들어 있지 않나 하는 생각이 들기도 한다.

이 적막한 산사의 염불소리, 새소리, 바람소리, 물소리도 나에게 무엇인가를 가만가만 가르치는 듯하다. 절간처럼 조용하다는 말이 안성맞춤인 이 작은 산사는 아늑하고 평화롭기만 하다. 문득 '지혜로운 사람은 물을 좋아하고 인자한 사람은 산을 좋아한다.'란 말이 생각난다. 지혜로운 사람도 인자한 사람도 못 되는 중생이건만 이렇듯 산사山寺에 들어와 있으니 원수도 사랑할 것 같은 넉넉한 마음이 생긴다.

모든 중생에게 불심이 깃들어 있다고 부처님은 가르치신다. 누구든 생사를 되풀이 하는 윤회의 굴레에서 벗어나 영원한 자유를 누릴 수 있고 해탈의 문에 들어갈 수 있다고 하니 도전해 볼만하지 않은가. 이 절에는 소에게서 나온 사리를 묻은 소의 부도가 있다. 소도 도를 터득했다고 하니 하물며 사람인 우리들이 못할 것도 없지 않은가.

지구별 여행자

그녀와의 만남은 우연이었다. 이집트 여행길에서 일주일 동안 만났다 헤어졌다. 여행 가이드인 그녀는 매우 특별했다. 자기 자신에 대한 자신감과 자존감이 매우 강한 여자였다.

패키지여행에서 가이드의 역할은 절대적이다. 여행객들은 가이드를 통하여 그 나라의 모습을 알기도 하지만 행복하고 유익한 여행을 할 수 있는 필수조건이라고 해도 과언이 아니다. 그녀의 해석은 재미있고 명쾌하고 따뜻하였다.

그녀는 어느 날 문득 인도로 떠났다. 그곳에서 인도 문학을 공부했다. 안정된 직장을 버리고 지지자도 없는 그 길을 갔다. 누가 봐도 어리석은 판단이었다. 한국에서 그녀는 출판사에서 탈 없이 생활을 하였단다. 그러던 그녀가 다니던 회사를 그만두고 먼 나라 인도로 떠난 것이다. 그녀는 인도의 매력에 빠져 그곳에 머물며 인도 문화를 공부하였다. 인도 문화를 공부하다 이란으로 건너갔다. 기원전 4천 년 이전의 페르시아 문명이 그녀를 유혹하였다. 화려한 페르시아 문명을 이룩한 그 나라에 그녀는 홀랑 반하고 말았다. 호기심이 강한 그녀는 이란에 계속 머물지 않고 다시 이집트로 건너가서 이집트 역사를 공부하게 되었다. 공부를 하는 도중 그곳에서 한국 관광객을 대상으로 여행 가이드로 일하고 있다. 매력이 넘치는 여성이었다. 그녀에게서는 바람 냄새가 난다. 쉬지 않고 어디론가 떠도는 바람의 냄새.

그물에 걸리지 않는 바람처럼 자유로운 영혼의 소유자였다. 영원한 자유를 만끽하고 향유하는 그녀가 부럽기도 하였다. 그녀의 안내로 행복한 여행을 하며 이집트의 과거의 역사와 현재를 속속들이 알게 되었다.

하나의 외국어를 공부할 때마다 새로운 세상을 알게 되는 것이라고 그녀는 말했다. 열정과 에너지가 넘치는 사람이었다. 인간은 무엇을 하든 가슴 뛰는 일을 찾아야 행복하다는 것을 체득하게 해 주었다.

여러 나라를 여행하며 역사와 문화를 배운 그녀의 내면세계는 어떨까. 그녀의 다음 행보는 어느 나라를 향하고 있을지 그것 역시 궁금하다. 바람 같은 여자니까. 안정된 모든 것을 버리고 일생일대의 과감한 도전으로 삶을 뒤바꾼 그녀의 도전은 어디까지 갈 것인지. 이집트 여행 가이드가 끝은 아닐 것이다. 그녀의 자신감 넘치는 삶의 태도가 당당하게 보였다.

여행은 사람을 바꾸고 삶을 바꾼다. 미얀마 여행 중에 만난 어떤 가이드는 미얀마 여행을 하러왔다가 그곳의 여자와 결혼을 하고 그 나라 국민이 되었다. 여행이 그의 인생을 바꾸어 놓은 것이다. 여행은 몸으로 배우고 가슴으로 느끼며 길 위에서 깨닫는 기회를 만들어 주는 신의 선물이라고 한다. 정말 맞는 말 같다.

언제나 철새처럼 어딘가 막연히 떠나고 싶었던 내 병적인 방랑은 이순을 넘긴 나이를 지났으면서도 버리지 못하는 꿈이다.

여행을 하는 것은 세상을 배우는 것이다. 책에서 배우는 것이 아니라 길 위에서 배우는 것이라고 생각한다. 배우면서 즐거워하는 것이 바로 여행이 아닐까 싶다. 덜커덩거리는 좁은 야간열차 안에서 10시간 이상을 견디면서도 즐겁고 칸막이도 없고 지붕도 없는 화장실을 이용하면서도 웃을 수 있는 것이 여행이다. 세상에서 가장 가난한 나라를 돌아보며 우리나라에 무한한 감사함을 느끼는 것도 여행에서의 일이다.

인생은 긴 마라톤 경기와도 같다. 나는 지금 내 몸의 균형에 맞게 잘 달리고 있는지 돌아보며 내일의 여행 계획을 설계한다.

바람의 딸이라 불리는 여자가 있다. 바람처럼 세상의 오지를 돌아다녀서다. 그녀도 그런 여자가 아닌가. 바람처럼 어디에도 매이지 않는 자유로운 영혼을 지닌 삶, 가슴속에 훈훈한 바람이 분다. 그녀의 인생을 통해 여행이 얼마나 사람의 마음을 살찌게 하는지 알 것 같다. 어쩜 우리는 그녀처럼 다른 세상으로 가기 전까지 지구별을 여행하는 나그네가 아닐까.

초원의 나라

'천년 제국은 꿈일런가 하노라.' 몽골에서의 첫인상이 바로 이런 심정이었다. 고등학교 때 세계사 시간에 징기스칸을 배우면서 아시아인으로서 세계를 정복한 그에게 무한한 환상을 가지게 되었으며 그의 나라를 여행하고 싶었다. 그 꿈이 50여 년이 지난 후에 이루어졌다.

37년 동안이나 우리나라 전역을 침탈하여 우리 민족에게 고통을 안겨주었던 나라라고는 상상이 되지 않았다. 세계를 호령하던 천년 제국이었다고는 도저히 믿어지지 않았으며 거친 초원에서 자란 냉정한 정복자의 모습은 어디에도 없었다. 그곳에는 착하고 순박한 사람들이 대자연에 순응하며 욕심 없이 평화롭게 살아가고 있었다. 역사는 그렇게 흘러가는가 보다.

이 나라처럼 과거와 완전히 단절된 나라는 없는 것 같다. 과거에 강성했던 나라들은 비록 망했을지라도 그들이 이룩한 찬란한 유적과 유물들이 곳곳에 남아있지만 이 나라는 그런 것들이 없다. 심지어 세계 최대의 정복자였던 징기스칸의 무덤도 없다고 전한다. 고려를 정복했던 나라로서의 흔적은 그 어디에도 없었다.

세 살만 되면 말 타는 것을 배운다는 기마민족의 후예들이다. 남녀노소 구분 없이 말 등에 오르기만 하면 초원을 날듯 달릴 수 있는 민족이 몽골인이란다. 그 속도 앞에 세상은 무릎을 꿇지 않을 수 없었을 것이다. 그 속도로 세상을 하나하나 정복하여 역사상 가장 위대한 제국을 건설하였다.

세계 역사상 가장 큰 영토를 지배했던 이 위대한 민족은 어떤 유적과 문물을 남겨놓았을까 하고 가슴이 두근거렸던 나는 아무것도 남아있지 않은 몽골의 이곳저곳을 보면서 실망감을 느끼지 않을 수 없었다. 세계를 지배했던 그들의 역사가 꼭 거짓말 같이만 느껴졌다.

세계를 정복했던 나폴레옹은 전 세계에서 강탈해 온 귀중한 유물들로 루브르박물관을 채웠다. 그것들을 보러오는 관광수입은 천문학적 숫자라고 한다. 대영박물관 역시 전 세계를 돌아다니며 약탈한 문화재로 채워 세계의 관광객을 불러들이고 있다. 일본 또한 우리나라의 값나가는 문화재 10만 점이 넘는 것을 약탈해 가서는 돌려줄 생각을 하지 않고 더구나 자기네 것이라며 우기는 데는 황당할 뿐이다. 그런데 징기스칸은 세계를 정복하고도 타국의 문화재 한 점 가져온 흔적이 없었다. 하물며 자신들의 문화재 역시 남아있는 것이 별로 없었다. 몽골 국립 박물관에는 80만 년 전 선사시대부터 사회주의를 거쳐 민주주의 시대까지 다양한 자료가 전시되어 몽골의 역사를 한 눈에 볼 수 있었다. 그것들은 모두 그들만의 것들이었다. 세상을 호령

했던 국가의 흔적은 그 어디에서도 찾을 수 없이 깨끗했다.

역사는 흘러 그렇게 변하였건만 자연은 드넓은 초원은 그대로인 듯하다. 쪽빛 하늘과 푸른 초원 그리고 흰 구름, 이루 헤아릴 수 없이 많은 양떼와 말들은 여행자의 마음을 편안하고 훈훈하게 해 주었다. 여기저기 띄엄띄엄 서 있는 몽골의 전통가옥 게르, 그 사이로 말 등에 올라 양떼를 모는 아이들의 모습은 그저 평화롭고 한가롭기만 하였다.

한여름이건만 밤이 되니 싸늘하였다. 낮에는 30도 이상 오르지만 밤에는 15도 이하로 일교차가 매우 심하였다. 게르 앞 초원에서 모닥불을 피워놓고 뜨거운 커피를 마시며 하늘의 별들을 바라보았다. 손에 잡힐 듯한 수많은 별들이 강물처럼 흘렀다. 세계 3대 별 관측지 몽골초원에서 쏟아지는 밤하늘의 별을 바라보는 것은 너무도 신기하였다. 이집트 백사막 한가운데서 보았던 별들과 몽골초원의 별들은 서로 닮아 있었다. 굳이 고개를 들어 하늘을 보지 않아도 정면에서 무수히 많은 별들이 반짝이는 모습을 볼 수 있어 신기롭기까지 하였다.

몽골 전통가옥 게르의 체험은 매우 특별한 이벤트였다. 게르는 몽골 유목민의 이동식 전통가옥으로 나무골조에 가죽과 양털 펠트를 덮어씌워 완성한 집으로 여름엔 시원하고 겨울엔 따뜻한 유목민의 지혜가 담긴 가옥 형태로 초원에서 많이 볼 수 있다. 여행객들이 투숙하는 게르는 테를지 국립공원 내에 위치한 게르 캠프로 식당, 화장실, 세면실, 샤워실 등의 공용 시설이 갖추어져 있으며 한 채의 게르 내부에는 싱글침대 4개와 난로와 테이블, 의자 등이 구비되어 있다. 게르에서 두 쌍의 부부가 함께 잠을 자야 했다. 민망하기도 했지만 두 부부가 정이 드는 계기가 되었다. 천으로 만든 게르는 밤이 되자 몹시 추웠다. 다행이 난로가 있어 장작불을 피워 추위를 견뎠다. 한여름에 장작불이라니.

가도 가도 끝없는 초원의 길, 밤이면 무수히 쏟아지는 별들의 무리, 이집트 백사막의 별처럼 황홀한 광경이었다. 그때 그 감동은 몇 년이 지났지만 잊을 수가 없다. 몽골을 다녀온 후 말을 타고 끝없는 초원을 달리고 싶은 생각이 간절하여 몸살을 앓기도 했다.

어느 곳을 가도 초원밖에 보이지 않았다. 초원에서 해가 뜨고 초원에서 해가 진다. 가죽 바지를 입고 말 등위에 올라 활을 쏘며 오직 사방을 정복하러 다니던 용맹스러운 전사의 모습은 어디에도 보이지 않고 그저 초원만 보였다. 역사는 그렇게 흘러가는가 보다.

손님이 오면 500m까지 마중 나와 맞이하는 그들의 오랜 전통이 따뜻하게 느껴졌다. 떠날 때도 멀리까지 나와서 손을 흔들며 떠나는 우리들을 아쉬워하며 배웅하는 순하디순한 사람들. 이별의 악수를 하며 살포시 웃으며 수줍은 듯 손을 내밀던 꼬마 아가씨. 그들은 정이 참 많아 보였다.

말과 양과 소가 한가로이 풀을 뜯는 푸른 초원. 내 인생에서 가장 따뜻한 시간을 선물해 준 그들에게 감사했다. 국가에서 지정된 곳만 여행하고 일부만 보고 온 것이 아쉽기만 했다.

　몽골을 여행하면서 그곳에서 우리나라의 자랑스러운 모습을 볼 수 있어 가슴이 뿌듯하였다. 바로 몽골의 수도 울란바토르 도로를 달리고 있는 한국의 자동차들이었다. 승용차, 버스, 택시 거의 대부분이 한국의 자동차들인 것 같았다. 우리나라의 힘을 느낄 수 있었다. 그들은 한국인에 대한 이미지가 매우 우호적이었다. 그것이 또 고마웠다. 그 옛날 우리나라를 침략했던 침략자들이었다는 생각은 전혀 들지 않았다.

　미지의 땅 몽골에도 변화의 바람이 불고 있다. 수도 울란바토르에도 큰 도로가 나고 고층 건물들이 들어서고 있다. 도시화가 매우 빠르게 진행되고 있다. 발전하는 거대한 땅 몽골대륙. 언제 또다시 그들이 세계의 주인이 될지 모르는 일이다. 남한의 7배가 넘는 드넓은 땅에 인구 300만 정도, 그들이 언제 다시 옛 영화를 누릴 수 있을지 알 수 없는 일이다. 역사는 돌고 돈다니까.

피라미드의 나라

이집트를 다녀왔다. 여행의 백미는 아무래도 피라미드가 아닐까. 광활한 모래벌판에 수천 년을 지키고 있는 피라미드는 참으로 놀라울 뿐이다. 세상에 무덤을 만드는데 이렇게 어마어마한 돈과 시간을 투자한 인류문명이 어디에 있었던가. 그 규모에 혀를 내두르지 않을 수 없다.

이집트인들이 저승의 세계라고 믿는 나일강 서쪽에 자리하고 있는 세계 불가사의 중 하나인 피라미드는 절대 권력을 누렸던 왕의 무덤이며 고대 이집트인들의 내세관을 반영한 건축물로 알려져 있다.

수많은 피라미드 중에서 쿠푸왕의 피라미드는 인류가 만든 단일 건물로는 규모가 가장 크다고 알려져 있다. 이 피라미드는 개당 2.5톤 무게의 돌 230만 개로 이루어졌으며 높이가 백 미터가 훨씬 넘는다고 한다. 놀라운 것은 이 돌들을 한 치의 오차도 없이 완벽하게 쌓아올렸다고 하니 그 정밀하고 세밀한 이집트의 건축기술에 놀라지 않을 수 없다. 그 시대에 어떻게 그 돌을 자르고 그 높이까지 정확하게 쌓아올렸는지 수수께끼가 아닐 수 없다. 그렇게 무덤을 만들어

미이라와 함께 보존하였건만 거의 대부분의 미라와 부장품들은 다 도굴당하고 무덤 안은 텅 비어 있다.

놀라운 것은 왕위에 즉위하자마자 파라오는 자신의 무덤인 피라미드를 만들었단다. 영원히 살기 위해 자신의 무덤을 만들었다니 이해할 수가 없다. 어쩜 그들은 죽음을 삶과 함께 하는 것으로 죽음과 삶이 별개의 것이 아니라는 것을 일찍부터 안 것이 아니었을까. 엄밀히 말하면 사람은 태어나는 순간부터 죽어가는 것이 아니던가.

미이라를 만들었다는 하셉수트 신전에 들렀다. 이곳에서 미라를 만드는 과정에 대한 해설을 가이드로 부터 들으며 속이 불편하여 견디기가 힘들었다. 미이라를 만들던 석판과 끔찍한 장비들 그리고 내장을 담아두었던 항아리들이 현실감을 더해 주고 있었다. 심장은 몸에서 적출하여 항아리에 담아 방부 처리하여 놓는단다. 부활하게 되면 그 내장들이 필요하다나. 왜 무엇 때문에 그들은 미이라를 만들고 피라미드를 만들었을까.

고대 이집트인들은 피라미드 안에 『사자의 서』와 함께 묻은 미이라는 죽지 않는다고 믿었다. 짧은 현생보다는 죽음 뒤에 올 긴 여생을 믿었기에 시신을 썩지 않도록 처리하여 미이라를 만들어 보존했다는 것이다. 초기에는 파라오의 미이라를 만들었으나 후세에는 귀족이나 일반사람들도 영원히 사는 사후 세계를 위해 미이라를 만들었단다. 현대에 와서도 미이라의 신비는 풀 수 없다고 한다. 수천 년이 지난 지금까지도 피부가 변하지 않은 미이라를 보고 어느 학자는 다음과 같이 말하고 있다.

"인간의 지식과 과학으로는 미이라의 신비를 풀 수 없다. 이것은 신의 작품임에 틀림없다."고.

문화인의 척도는 죽은 자를 어떻게 대하느냐에 달려 있다고 하는데 이집트인들의 문화는 얼마나 발달한 나라였을까. 죽은 자의 내장을 꺼내고 방부제로 처리를 하는 그 문명이 과연 사자死者에 대해 품격이 있는 대접이었을까. 죽은 자의 몸을 신성시 하는 우리로서는 이해가 되지 않는다. 사람이 죽으면 자연으로 돌아가는 것이 자연의 섭리이거늘 이 진리를 거역할 만큼 파라오의 미이라는 힘이 강했는가 보다.

현재 미이라를 만들기 위해서는 20억 원의 비용이 든다고 한다. 영원히 산다면 많은 사람들이 미이라를 만들지 않을까. 글쎄, 지금도 미이라를 만드는 나라들이 있다. 주로 공산주의의 나라 등에서 만드는데 이게 또 커다란 모순이 아닐 수 없다. 공산주의는 내세를 믿는 종교를 터부시 하면서 미이라를 만드는 것이 아이러니가 아닐 수 없다.

이집트의 수도 카이로도 이해하기 힘든 도시였다. 구 카이로에는 사자死者의 도시가 있다. 이곳에는 카이로의 빈민들이 무덤위에 집을 지어 살고 있다. 산 자와 죽은 자가 한 공간에서 함께 사는 것이다. 충격적인 사실이었다. 그들은 삶이 곧 죽음이고 죽음이 곧 삶이라는 관념을 가지고 있는 것 같았다.

사람들은 대개 죽음에 대해 매우 부정적인 생각을 가지고 있어 이

것을 이야기 하는 것을 매우 꺼림칙하게 생각한다. 그러나 그들은 그렇지 않은 것 같다.

삶을 이야기하듯 죽음도 이야기할 수 있어야 하는 것이 자연스러운 것이 아닌가. 우리는 일상에서 수많은 죽음을 지켜보면서도 말하기를 꺼려하고 있다. 죽음도 삶을 이야기하듯 자유롭게 말할 수 있다면 죽음에 대해 두렵거나 무서워하지 않을 것이다. 인간은 태어나는 그 순간부터 죽음은 시작된다. 서두르지 않고 느릿느릿 가만가만히 다가온다. 이집트를 여행하면서 죽음을 생각하지 않을 수 없었다. 불확실한 것만큼 두렵고 무서운 것은 없다. 사람들은 죽음 뒤에 어떤 세계가 존재하는지 궁금해 하지만 도저히 알 수가 없다. 그것이 인간이 끝까지 이생의 삶에 애착을 가지고 있는 것이 아닐까.

세계의 불가사의, 수수께끼 같은 나라 이집트. 영원한 삶을 꿈꾸며 미이라를 만들었던 문명. 무덤 위에 집을 짓고 사는 사람들이 존재하는 괴이한 도시 카이로 참 이해하기 힘든 나라가 이집트라는 나라다. 이집트 여행은 고대로의 시간 여행이었으며 많은 것을 생각하게 했다. 어떻게 살고 어떻게 죽어야 하는가에 대한 문제를 던지고 있다.

호반의 봄

오랜만에 고향 제천을 찾았다. 금수산 아래 청풍호가 바라보이는 곳으로 1박 2일의 짧은 여정이다. 강과 산과 펜션들이 함께 어우러진 동화 속에 나올 것 같은 환상적인 곳이다.

꽃잠이 오는 새벽녘 눈이 떠졌다. 평소 일요일 같으면 늦잠을 잘 시간인데 호반에서의 아침을 맞이하기 위해 자리에서 일어났다.

신선한 새벽하늘에는 지는 달이 희미하게 드리워져 있다. 여인의 눈썹같이 가느다란 달의 푸른 기운이 감돌아 은은하면서도 가냘프고 비수 같은 날카로운 이미지로 나를 맞는다. 물속에도 새벽달이 아른거린다. 물속을 들여다 볼 때면 물에 비친 자신의 모습에 가슴을 태우다가 병들었다는 나르시스의 전설이 생각난다.

어둠이 가시자 멀리 보이는 산에 여린 햇살이 눈부시게 쏟아지고 있다. 오색찬란한 빛의 향연이 온 산야를 소생시킨다. 어둠 속에 잠겨 있던 것들이 하나하나 살아나오고 푸른 하늘이 어느새 물속까지 내려 앉아 느릿느릿 흘러간다. 골짜기에서 불어오는 바람이 물안개를 걷어가고 있다. 한줄기 시원한 바람이 강물위에 부딪쳐 여인의 치맛자락 같은 잔물결을 일으킨다. 신은 어찌하여 이토록 아름다운 아침을 인간에게 선물하였는지 경이로울 따름이다. 햇빛을 받아 보석처럼 반짝이는 물결, 나무들의 속삭이는 소리, 새들이 지저귀는 소리, 바람이 불어대는 휘파람 소리 등 찬란한 봄의 아침은 그렇게 왔다. 호반의 아침 풍경은 동화처럼 아름답고 싱그러웠다. 이 자연의 아름다운 조화에 전율을 느낀다. 물속에는 푸른 하늘이 펼쳐지고, 하얀 구름이 흘러가고, 파란 바람이 불고, 그리고 싱그러운 봄이 있다.

안개가 걷힌 이 아침에 '뷰 파인더를 통해 무엇이든 볼 수 있는 한 인생은 살아갈 가치가 있다'는 어느 작가의 말을 떠 올려 본다. 그리고 내 인생의 어디쯤 와 있는지 가늠해 본다. 지나간 애달픈 추억을 떠올리고 흘러가는 인생을 떠올리며 남은 삶을 설계해 본다. 이 아름다운 봄날 아침에.

호반을 둘러싼 키 작은 잡목들이 푸르름으로 번져가고 있다. 푸른 산과 들, 아른거리는 아지랑이, 부드러운 하늘, 봄은 어디를 보아도 가슴이 벅차다. 생동감이 느껴진다. 공중에는 새의 지저귐이, 땅위에서 풀벌레가 새로운 생명을 키워내는 이 봄은 우주의 신비로움을 새삼 느끼게 한다.

어디서 나타났는지 다람쥐 한 마리가 달려와 나의 눈과 마주치자 나무위로 쏜살같이 올라간다. 황갈색 다람쥐로 줄무늬가 참으로 곱다. 아지랑이가 아른거리는 하늘에는 비단결 같이 부드러운 햇살이 부서져 내리고 있다. 강 언덕에 자라고 있는 청보리밭에서 뻐꾸기

소리가 들린다. 그 신선하고 고즈넉한 분위기가 가슴을 벅차게 한다. 보리밭 어디에선가 꿩이 한가롭게 울고 새하얀 뭉게구름은 키가 큰 미루나무 가지 끝에 걸렸다 사라졌다. 비단결 같은 부드러운 봄 하늘에 종달새가 날고 땅에서는 흙 향기가 올라왔다.

멀지 않은 곳에 부지런한 강태공이 낚시를 하고 있는 모습이 보인다. 저 사람도 우리 어머니의 말대로라면 '생명을 죽이는구나.' 하는 생각이 얼핏 들었다. 어머니는 낚시하는 것과 사냥하는 것을 몹시 싫어하셨다. 살아 있는 것을 죽이는 것은 죄가 된다며 남동생의 유일한 취미생활인 낚시를 극구 만류하셨다. 그럴 때마다 어머니와 동생은 큰소리를 내곤 하였지만 동생은 낚시 도구를 챙겨 어머니의 말을 뒤로하고 대문을 나섰다. 그러면 어머니는 '나무관세음보살'을 외시며 살생을 용서해 달라고 빌고 또 비셨다.

이곳 청풍 호반은 바다가 없는 내륙 충청도에서 바다를 느낄 수 있는 유일한 곳으로 사람들의 사랑을 받고 있다. 봄에는 벚꽃나무 가로수가 벚꽃을 피워 벚꽃 터널을 이룬다. 벚꽃 터널을 지나노라면 온갖 시름 다 잊고 선계에 와 있는 것 같은 느낌이 든다. 친정을 갈 때면 넓고 편한 도로를 마다하고 구불구불하지만 운치가 있는 이 도로를 달린다. 이곳은 사계절이 다 아름다운 곳이다. 호수를 끼고 계곡을 달리면 신바람이 절로 난다.

이렇게 아름다운 호반이 만들어지기 위해서 60여 개의 마을이 물속으로 사라졌다. 고을마다 골짜기마다 서린 애처로운 전설들도 물속에 함께 묻혔다. 그곳에서 몇백 년 대를 이어 살아온 사람들은 그들의 희로애락을 묻어둔 채 어디론가 떠났지만 저 강물은 변함없이 흐르고 있다.

어디서 나타났는지 작은 배 한 척이 미끄러지듯 멀어져 가고 있다. 무엇을 위해 어디로 떠나고 있는지 알 수가 없다. 봄이 오고 가듯이.

꽃과 새들의 계절 봄이다. 젊음의 계절이다. 생명을 키우는 봄, 생명의 에너지가 넘쳐난다. 이 아름다운 계절에 나도 무엇인가를 새롭게 시작해야 할 것 같다.

울고 넘는 박달재

박달재를 넘는다. 「울고 넘는 박달재」라는 노래를 흥얼거리면서 그 고개를 오르내린다. 친정집이 있는 제천을 가노라면 이 고개를 넘어가야만 한다.

박달재 고갯마루에는 박달도령과 금봉낭자의 애틋한 사랑 이야기가 살아 있는 전설이 전해지고 있다. 그 전설을 생각하며 그 길을 걷는다.

옛날에 아랫녘에 사는 선비 '박달'은 과거를 보기 위해 한양으로 향하였다. 여러 날을 걷고 걸어서 소백산맥을 넘고 제천을 지나 충주로 가기 위해 이 고개를 넘어야 했다. 마침 날이 저물어 박달은 고개 아래에 있는 마을에서 방을 얻어 하루를 묵게 되었는데 그 집 딸 '금봉이'와 눈이 맞아버렸다. 하루만 묵고 떠나려했는데 이래저래 며칠을 더 머물게 되고 그 사이에 '박달'과 '금봉이'의 정은 나날이 깊어만 갔다. 헤어지기 싫었지만 박달은 과거에 급제하여 돌아오겠노라고 굳게 약속하고 '이몽룡'처럼 한양으로 떠났다.

하루 이틀 '금봉이'는 목을 빼고 기다렸지만 한 번 간 '박달'은 돌아오지를 않았다. 과거 날짜가 훨씬 지났는데도 감감 무소식이었다.

'금봉이'는 '박달'이 넘어간 재만 바라보며 이제 오려나, 저제 오려나 기다리며 애를 태우다 급기야 가슴이 타서 죽고 말았다. '금봉이'를 장사 지낸 지 사흘 후 거지꼴을 한 '박달'이 마을에 나타났다. '박달'은 과거에 낙방하고 '금봉이'를 볼 면목이 없어서 차마 오지 못했던 것이다. '금봉이' 죽어 장사 지냈다는 소식을 듣자 '박달'은 제정신을 잃었다. '금봉이'의 이름만 부르며 고갯길을 헤매다 '박달'도 며칠 만에 숨을 거두고 말았다. 그 후 사람들은 두 젊은이의 운명적인 슬픈 이야기가 얽힌 이 고개를 '박달재'라 부르게 되었다고 한다. '박달'과 '금봉이'의 사연은 조선의 '로미오와 줄리엣'의 운명이 되고 말았다. 예나 지금이나 동서고금을 막론하고 사랑은 비련으로 끝나야 이야깃거리로 남는가 보다. 비련의 주인공들의 애절한 마음을 애달파하면서.

고개에는 대개 '울고 넘는'이라는 수식어가 붙어 있다. 길도 험하고, 산짐승도 나타나고, 거기에 도적들까지 출몰하던 옛날에 박달재 너머로 시집을 가면 다시는 친정에 오지 못한다는 이야기가 전해져 왔다. 그래서 시집가는 새색시들이 눈물을 펑펑 쏟으며 이 고개를 넘었다고 한다. 그런 말을 들으면서 나도 박달재를 넘어 시집을 갔다. 펑펑 울지는 않았지만 뭔지 모를 아득함에 가슴이 아리고 먹먹하였다.

박달재에는 '박달이'와 '금봉이'의 조각상과 노래비가 세워져 있고 그밖에도 여러 볼만한 관광 시설물들이 흩어져 있다. 고갯마루에는 애국지사 이용태李容兌 · 이용준李容俊의 흉상이 있고, 그 아래쪽에는 박달재 청소년수련원이 있어 1년 내내 관광객을 불러들이고 있다.

또한 박달재에는 목각공원이 있다. 목각공원에는 수백 종의 목각상이 있어 보는 이들로 하여금 탄성을 자아내게 한다. 우리 민족의 적나라한 모습들이 목각으로 형상화 되어 있다. 해학적인 모습도 있고, 익살스러운 모습도, 무거운 모습도, 가벼운 모습 등 매우 다양한 목각들로 조성되어 있어 목각의 향연을 벌이고 있다.

2005년 한국방송공사의 가요 프로그램인 '가요무대'가 방송 20돌을 맞아 한국인이 가장 많이 부른 노래로 이 '울고 넘는 박달재'를 1위로 선정하였다. 여러 가지 사연으로 이 노래는 제천을 상징하는 노래가 되었다. 박달재 꼭대기에는 365일 언제나 '울고 넘는 박달재' 노래가 울려 퍼지고 있다. 애절한 노랫가락이 심금을 울리는 노래다. 마음에 상처가 날 것 같은 음조가 애간장을 녹인다. 사랑하는 사람을 두고 떠나는 사람의 애달픈 심정을 이보다 더 절실하고 애틋하게 표현한 노래가 있었던가. 애수와 한의 가락이 처절하도록 아름답다.

유명한 관광지란 풍경에 관계없이 전설과 흥미로운 이야기, 그리고 유명한 영화 촬영의 장소가 아닌가.

박달재 역시 '울고 넘는 박달재'라는 노래로 인하여 더욱 유명한 곳이 되었다. 사랑 때문에 살고, 죽고, 울고, 웃고 하는 것은 예나 지금이나 다름이 없는 것 같다. 박달재 아래 터널이 뚫리고 큰 길이 나서 대부분의 사람들이 그 길로 다니지만 나는 구불구불하고 불편한 박달재 옛길로 다닌다. 애절한 노래 '울고 넘는 박달재'를 구슬프게 부르면서.

4부_철새는 날아가고

들고 또 듣고 하노라면 분노도 옅어지고
내 영혼도 맑아지고 자유로워지는 것 같아
위로를 많이 받았다.

아픈 시대에는 아픔을 노래하고 행복한 시대에는 행복을 노래한다.

절망적 아름다움의 노래. 희망의 노래.

그 노래 위에 우리의 애달픈 '아리랑'도 함께 들려온다.

만남

　인생을 살아가면서 우리 인간들은 참으로 많은 사람과 만나고 헤어진다.

　불가에서는 옷깃만 스쳐도 인연이라며 인간의 모든 만남을 인연법에 의해 설명하고 있다. 정말 인간은 모두 이 인연법에 얽혀 만나고 헤어지는 것 같다.

　만남은 엄청난 사건이다. 한 가족으로 만나는 기막힌 인연이 있는가 하면 직장인처럼 몇 개월 아니면 몇 년, 수십 년의 인연도 있고, 한 두 시간 또는 잠깐 스치고 지나가는 인연도 있다.

　한 인생의 길에서 겪게 되는 사람과 사람의 만남이 얼마나 소중한 뜻을 갖고 있고 또 얼마나 큰 영향을 주는가를 우리는 주위에서 얼마든지 보아왔다. 지금까지 여러 사람과 만나왔지만 나에게 가장 많은 영향을 준 분은 학교 다닐 때 선생님들이셨다.

　중학교 때 국어 선생님께선 문학에 대한 열정이 대단한 분이셨다. 수업 시간 중 교과서를 덮어놓고 좋은 문학작품을 이야기해 주시고 영화나 연극에 관한 이야기도 해 주시곤 해서 많은 학생들이 문학에 뜻을 두었으며 국어 시간 돌아오기를 즐거움 속에 기다렸다. 내가 국어교사가 된 것은 아마도 그분의 영향인 것 같다.

고등학교 때 지리 선생님께선 철학과를 나오신 분이셨는데 가끔 '하이데거'니 '쇼펜하우어'니 하는 철학자를 들먹이며 알 듯 말 듯한 인생의 존재와 가치를 얘기해 주셨는데 확실히는 몰라도 뭔가 가슴에 와닿는 것이 있어 숙연한 분위기 속에 인생을 생각하곤 했다. 현실을 바로 볼 줄 아는 혜안을 가져야 하며 정의 앞에선 목숨도 버릴 줄 아는 사람이 되어야 한다는 사회 선생님께선 꽤나 비판적이며 날카로운 데가 있으셨다. 맹목적인 것이 얼마나 무지한 것이며 죄악인가를 가르쳐 주셨다.

대학교 때 제갈공명의 출사표를 강의하시며 우셨던 교수님이 계셨다. 유신 초기 대부분의 학생들이 정권에 대해 강한 거부로 정부를 타도하자고 외칠 때 충성스런 신하의 애국충정을 담은 그 강의 내용은 묘한 분위기 속에 우리 모두의 눈시울을 적시게 했다.

동서고금의 철학에 통달하셨던 분, 특히 주역에 통달해서 하늘의 움직임을 알고 계신 것으로 알려진 노교수님. 그러면서도 학생들을 대할 때 마다 허리를 굽히시며 겸손해해서서 그야말로 학생들의 존경과 사랑을 한 몸에 받으셨다.

연구실 문을 노크하면 언제나 책속에 묻혀 환한 웃음으로 맞이해 주시며 무슨 이야기든 다 털어놓게끔 하는 힘을 가지고 계셨다. 그리고 고뇌하는 젊은이들의 마음을 어루만져 주셨다.

40년 외길 오로지 학문연구만을 해 오셔서 그 방면에서 최고의 권위자로 인정받고 있으셨지만 아직도 나의 학문은 보잘 것 없다시며 겸손해하시는 그분을 통해 우리가 배운 것은 오만하지 말고 겸손하라는 것이었다.

"아직도 나의 학문은 시작에 불과합니다. 하느님께서 나에게 20년만 더 시간을 주시면 나의 학문을 이루겠습니다. 그것이 가능할지 모르겠습니다. 내가 하다 끝을 맺지 못한 연구는 제군들이 해 주십시오."

고별 강연의 마지막 말씀은 오래전의 말씀이지만 생생하게 내 가슴속에 자리 잡고 평생 동안 공부하라며 채찍질을 하고 있다. 그분은 학문의 세계가 얼마나 넓고 깊으며 심오하고 가치 있는 것인가를 자신의 삶을 통해 가르쳐 주셨다. 그분과의 만남은 평생의 귀중한 순간으로 기억 속에 영원히 남아 있다.

그런 분들과의 만남 속에서 그분들의 참다운 가르침이 있었기에 양심에 비추어 부끄럽지 않고 바르게 살아가려고 몸부림치고 있는 것이 아니겠는가.

학생들 앞에 설 때마다 가장 두려운 것은 이 아이들이 나에게서 무엇을 배우고 무엇을 생각할까 그리고 그들의 성장에, 생활에 어떤 영향을 줄 것인가 그리고 나로 인해 어린 마음에 상처받은 일은 없을까 하는 것들이었다.

교단을 떠나 새로운 곳에서 새로운 사람들을 만나고 헤어지며 살아가고 있다. 오늘도 숱한 사람들과 만나고 헤어졌다. 수필교실에서, 복지관에서, 시장에서, 헬스장에서. 가족처럼 매일 만나는 사람도 있고 가끔 만나는 사람도 있다. 만남으로 즐겁고 행복하니 만남이야말로 참으로 소중하고 귀한 것이 아니겠는가.

몽환기 夢幻記

　광속의 시대다. 아날로그 시대에 익숙해진 나로서는 도저히 따라
갈 수가 없다. 그렇다고 이 광속의 문명 열차에서 내리기도 쉽지가
않다. 있는 힘을 다해 달려오고 보면 또 저만치 앞서가고 있다. 이제
는 아예 뭐가 뭔지 앞이 보이지도 않는다. '문명의 과도한 속도는 영
혼의 진보적 타락'이라는 어느 문학비평가의 말이 떠오른다. 영혼이
타락하지 않기 위해서라도 천천히 가야하지 않을까.

　도시의 휘황찬란한 네온사인 대신 별빛과 반딧불이가 영롱한 빛
을 내고 도시의 온갖 소음대신 새소리, 물소리, 바람소리가 시원하게
들려오는 곳으로 떠나고 싶다. 한적한 여유를 느끼기 위해 나는 달
리는 문명열차에서 내려 사슴이 나오고 노루가 뛰어노는 산골로 들
어가 살고 싶은 꿈을 꾸고 있다. 도연명의 「도화원기」에 등장하는 신
선이 산다는 곳이 나의 이상향이자 내가 살고 싶은 곳이다. 아니면
'신석정'의 시 '노루 새끼 마음 놓고 뛰어다니는 아무도 살지 않는
그 먼 나라'와 같은 곳이다. 이쯤 되면 욕심이 너무 과한지도 모르겠
지만 꿈을 꿀 수는 있지 않을까. 꿈꾸고 행복하면 더 이상 무엇이 더
필요한가.

　그 전설 속 같은 곳으로 들어가 통나무집을 짓고 싶다. 통나무집

은 소녀 적부터의 꿈이었다. 텃밭이 있다면 금상첨화다. 그곳에 고
추, 오이, 가지, 상추 옥수수도 심는다. 넓은 마당 가녘에는 개나리도
심고 장미도 심어 울타리를 만들고 해바라기와 접시꽃도 심는다. 뒷
산 계곡에서 흘러내리는 옥계청수를 끌어와서 우리 집 마당까지 흐
르게 하고 음악 같은 물소리를 들으며 시를 읽으리라. 삽살개나 진
돗개를 두 마리 정도 키우고 닭도 몇 마리 키우고 싶다. 쥐를 잡는
고양이도 한 마리 키우면 좋겠다. 마당에는 낮이 계속되는 동안 바
람과 햇살이 찾아와 내 곁에서 한나절을 놀다가 살금살금 사라지고
달과 별이 밤을 새워 머무른다. 나는 그들을 경건한 마음으로 맞이
하리라.

문명세계와 단절된 이곳에서의 시간은 낮닭의 긴 울음처럼 길고
한가하게 흐른다. 닭 울음소리와 함께 새벽이 열리고 아침이 올 때
까지 시간은 천천히 가고 천천히 온다. 어디선가 꿩이 울고 청잣빛
하늘이 마당에 가득할 때면 시집을 뒤적이고 책을 읽는다.

그러다가 지루해지면 풀냄새가 향수보다 좋게 나고 꿀맛보다 좋
은 공기를 마시며 산책을 한다. 삽살이와 함께 좁은 오솔길을 따라
숲길을 걸으면 더없이 행복해진다. 따뜻한 남풍을 맞으며 청아한 목
소리를 가진 이름 모를 산새와 대화도 하면서, 들국화가 곱고 푸른
하늘에 단풍잎이 하늘하늘 날리는 산길을 걸으며 콧노래도 불러본
다.

산그늘이 먼저 내려오고 방안의 빛이 서서히 문틈으로 빠져나가

면 평화로운 저녁 시간. 밤의 여신이 내리는 축복의 시간이 된다. 서산의 붉은 노을이 황홀하여 오히려 슬픈 황혼녘에서 잠자리에 들기까지 또 긴 시간이 온다. 하늘이 맑은 날 저녁에는 하늘바라기를 한다. 달을 보고 컹컹 짖는 삽살이와 함께 지붕 위로 뜨는 보름달도 희롱하고 초롱초롱 빛나는 별도 바라본다. 신비로운 별들과 이야기를 나누고, 모나리자의 미소처럼 포근한 달빛이 흐르는 낭만적인 밤을 즐긴다. 밤이 더욱 깊어지면 은은하게 비추는 달빛아래서 베토벤의 「월광곡」을 들으며 감명을 받았던 고전들을 다시 읽고 싶다.

어쩌다가 지인이라도 찾아오면 텃밭에서 갓 뜯어온 상추와 고추에 된장찌개를 곁들인 소박한 밥상을 차린다. 그리고 옥수수를 먹으며 찬란한 햇빛과 풍성한 달빛과 신성한 별을 이야기할 것이다.

함박눈이 펑펑 내리는 겨울이 되면 난로를 피우고 주전자의 물을 푹푹 끓여 향기 나는 사람들과 함께 향이 짙은 차를 마시며 삶을 이야기 하고 싶다.

시간이 천천히 흐르는 산골로 가고 싶다. 광속으로 치닫는 시간에 쫓기며 살 것인가. 결코 아니다. 단 한 번만이라도 느린 시간에 나를 맡겨보고 싶다. 몸과 마음이 다 함께 아늑하고 평화로운 그런 산촌으로 가고 싶다. 고운 새소리도 들리고, 물소리도 종알거리고, 바람소리도 조용조용 들리는 그런 곳. 낮에는 뻐꾸기가 질리도록 울고 밤에는 소쩍새가 애절하게 우는 그곳. 문 열면 하늘이 넓고 청산이 바다처럼 펼쳐지는 그런 곳에서 살고 싶다. 청산을 벗 삼으며 느리게 사는 삶을 오늘도 꿈꾸어 본다. 꿈을 꾸는 동안은 행복감으로 충만하다.

사람들은 누구나 이룰 수 없는 꿈에 대한 안타까움과 미련을 느끼며 살아가는 존재가 아닌가. 피곤한 몸 쉬게 하고 가난한 마음 살찌게 할 수 있는 것은 자연뿐이 아닌가 싶다.

별 예찬

깊은 산속의 밤이다. 밤하늘의 별을 촬영하기 위해 불빛 하나 보이지 않는 문의면의 깊은 산중에 와 있다. 밤하늘은 빛나는 별들과 은하수 무리가 보석처럼 아름답게 빛나고 있다.

이런 밤이면 감미로운 아나운서의 목소리와 아름다운 음악. 그리고 수많은 사연들과 함께했던 달빛 쌓이고 별빛 쌓인 그 시절이 새삼 그리워진다. 잠을 못 이루면서도 행복했던 시절이었다.

이런 밤이 되면 별을 유난히 좋아했던 k선생님이 생각난다.

"고결한 영혼은 별이 된대요."

구병산 천문대에서 별을 관측하던 그 선생님의 말에 과학 선생님답지 않은 말이라고 엄청 놀렸던 일이 기억난다. 그 선생님이 가신 곳에도 별이 뜨고, 꽃이 피고, 바람이 불겠지. '단테'가 '베아트리체'의 인도로 천당이 있는 세계로 승천한 성스러운 별은 과연 존재하는 별일까, 사람이 죽은 후에 가는 길이라는 은하수, 그 끝에 죽은 자들이 사는 세계가 존재한다는데 동화일 뿐인지. 생각은 우주 속으로 빠져든다. 그 선생님의 짧은 생애를 보면서 동백꽃이 생각났다. 시린 아침에 조금도 상하지 않은 채 붉은 모습으로 피를 토하듯이 스러진 꽃송이를.

영롱한 별들을 바라보며 사람이 죽으면 별이 된다는 말을 곱씹어 본다. 내 아버지, 할머니, 할아버지 그리고 별을 사랑했던 선생님은 어느 별일까를 상상하며 나는 이 무한한 우주 공간의 어느 별이 될까하고 행복한 상상을 해 보기도 한다.

몇 년 전, 이집트 백사막에서의 일이다. 한밤중 잠에서 깨어 텐트에서 나왔다. 아이들 머리만 한 별들이 막 쏟아져 내리고 있었다. 경이로움 바로 그것이었다. 아니 충격이었다. 그렇게 많은 별이 가까이 와 있는 것을 본 적이 없었다. 감탄사가 절로 터져 나왔다. 난생 처음 보는 별들의 향연에 환호성을 지르지 않을 수가 없었다. 손을 뻗으면 만져질 것처럼 가까이 있었다. 우리가 살고 있는 지구를 벗어난 다른 행성에 와 있는 착각이 들 정도였다. 그 별과 함께 '어린 왕자'가 왔다는 신기한 별을 생각하며 사막 여우가 나온다는 그 사막이 참 정겹게 느껴졌다.

어린 시절 밤하늘에 길게 꼬리를 이으며 밤하늘을 가로지르는 혜성을 자주 보았다. 산 너머로 떨어지는 별똥별을 멀리서 바라보며 그 신기한 별똥별을 주워 내 눈으로 직접 확인하고 싶은 생각을 했던 적도 있었다. 별은 아이들이나 어른들이나 누구에게나 신비로움을 안겨주는 신성자체라는 생각이 든다.

여름날의 저녁은 항상 마당에다 멍석을 깔고 먹었다. 모깃불 알싸하게 피워놓은 별빛 아래에서 찐 감자도 먹고 옥수수도 먹고 그리고 누워서 하늘을 올려다보기도 했다. 보이는 것은 밤하늘에 반짝이는 수많은 별들과 구름에 약간 가린 달이었다. 옛날부터 사람들은 별들의 운행을 관찰하며 인간의 운명을 점쳤으니 우주의 신비로움은 경외심의 대상일 수밖에. 신기한 것이 아무것도 없던 그 시절, 깊은 산속에 살던 우리에게 캄캄한 밤하늘의 별만큼 신비스러운 존재는 없었다. 여름철 밤하늘에는 애절한 사랑이야기들이 많이 전해 오고 있다. 별들은 대부분 신화와 함께하기에 더욱 신비스럽다.

유년 시절 나에게 하늘은 아름다운 동경으로 빛나던 유일한 곳이었다. 까마득하게 먼 하늘에 우리와 같은 사람들이 살고 있다는 이야기는 신기함 그 자체였으며 그리움이었다. 별이 총총한 하늘을 올려다보면서 할머니에게 듣던 「나무꾼과 선녀」 「견우와 직녀」 「햇님 달님」 이야기는 어린 마음에 달과 별이 뜬 하늘에 대해 무한한 상상을 키워 주었다. 여름밤 어머니 옆에 누워 밤하늘을 올려다보며 참으로 많은 꿈을 꾸며 잠이 들곤 하였다.

지금도 밤하늘을 우러러 보며 우주의 신비감에 전율할 때가 많다. 그리고 별밤을 너무나도 사랑했던 k선생님이 가끔 생각이 난다. 별빛이 좋고 시간만 나면 천체 망원경을 지고 다니며 별을 관측하는 것을 좋아해서 사람과 결혼하지 않고 별과 결혼한 사람이라고 놀리기도 하였다. 낙천적인 성품이라 아픔이 없는 줄 알았는데 그분에게는 가족에 대한 큰 짐이 있었다. 때로는 주어진 삶의 무게가 너무 커서 도저히 감당할 수 없다며 괴로워하기도 했다. 자신을 힘들게 하는 사람을 미워할 줄도 모르고 착하기만 해서 비명 한 번 지르지 못하고 마음의 병이 깊어 36세의 젊은 나이에 별빛 속으로 사라진 안타까운 사람이다. 아마도 자신이 사랑했던 별나라로 떠난 것이 아닐까.

운명하기 3일 전 화사하게 웃으며 문병을 간 동료들에게 하던 말이 지금도 귀에 쟁쟁하다.

"수술하면 곧 나을 수 있대요."

끝까지 희망의 끈을 놓지 않으셨던 선생님이 이 한밤에 그립다. 머지않아 나도 선생님 가신 곳으로 가겠지. 그것도 삶의 한 부분이고 다른 세계로의 여행이라고 하니 기꺼이 받아들여야 하리라.

오늘따라 별빛이 서럽도록 고운 밤이다.

성황당의 전설

어린 시절 내가 살던 마을 입구에 성황당이 있었다. 신령이 깃들어 있어 마을을 지켜준다는 당산 나무가 있고, 그 나무 주위에 원추형으로 쌓인 돌탑도 있고 그 옆에 조그마한 당집이라는 초막도 있었다. 당산 나무는 갖가지 천으로 휘감겨 있었다. 그 나무에 걸려 있는 천은 흰색만 있는 경우도 있으나 청색, 홍색, 황색, 녹색의 천들이 걸려 있는 경우도 있었다. 흰색은 신을 나타내고, 청색은 자연을 의미하며 황색은 인간을 상징한다는 것이다. 이는 곧 하늘과 땅과 사람의 삼위일체가 된 것을 의미한다니 신비스럽기도 하다.

어두운 밤 그 천들이 바람에 흩날릴 때는 머리카락 길게 늘어뜨리고 소복을 한 처녀 귀신이 스으윽 하고 나타날 것만 같은 분위기였다. 아마도 귀신이야기를 너무 많이 들은 것이 두려움의 원인인 것 같았다. 늦은 저녁때는 혼자 이곳을 지나지 못했다. 누군가 오기를 기다렸다가 같이 지나가곤 하였다. 길손의 평안과 마을 주민들의 무사안녕을 기원하고 지켜준다는 성황당이 초등학생인 나에게는 공포의 대상이었다.

당시에는 먹어 보기 힘든 하얀 쌀밥과 고기가 성황당에 놓여 있을 때가 있었는데 거지가 그것을 먹고 산신령의 노여움을 사서 죽었다는 전설 같은 이야기도 있었다. 미신이라는 미명아래 질타를 당하던 성황당은 새마을 운동이 일어나면서 돌탑은 허물어지고 나무는 베어져 거의 사라졌다. 지금은 일부만 민속자료로 남아 고향에 대한 아련한 추억의 대상이 되고 있다.

성황당은 신성한 곳으로 우리민족의 전통적인 삶을 그린 소설의 소재가 되기도 했고 서민들의 애환을 표현하는 대중가요의 단골 소재가 되기도 하였다. 그곳에는 여러 가지 전설이 전해지고 있는데 중학교 때 국어선생님께 들은 내용이 기억난다.

중국에 강태공이라는 사람이 살았다. 오랫동안의 낚시생활로 세월을 보내던 그가 천운을 만나 재상의 자리에 오르게 되어 고향을 떠나게 되었다. 그때 평소 강태공을 무시하고 헐뜯으며 이혼했던 아내가 자신의 잘못을 빌며 용서를 구하면서 같이 살기를 간청하자 강태공이 사발의 물을 땅에 쏟아부으며 물을 다시 그릇에 채워 넣으면 같이 살겠노라고 했다. 아내는 침까지 뱉어가며 사발에 물을 채우려 하지만 끝내 이루지 못하고 실신하여 죽고 만다. 이에 마을 사람들이 그녀의 시체에 돌을 던져주어 돌무덤이 되었는데 이것이 성황당의 유래라는 전설이 있다. 앞일을 내다보지 못한 부인의 슬픔을 알고 그곳을 지나는 사람들이 돌을 쌓고 침을 뱉으며 부인의 영혼을 위로하였다고 한다.

성황당은 마을 어귀나 입구에 있어 마을에 들어오는 액, 질병, 재해, 호환 등을 막아주고 한해 풍년을 기원하는 곳이기도 했다. 마을 제사 혹은 마을굿, 마을신앙, 당제, 당신제, 동제 등등의 이름으로 마을에서 정한 날에 주기적으로 제사나 굿을 여는데 그 주된 기원 역시 마을의 안녕과 풍년 즉 액을 막고 복을 부르는 행사라 할 수 있다. 이 앞에서는 부정한 행동이나 말을 삼가야 하고 성황당의 헝겊이나 천, 짚들이 걸려 있는 나무에게 해를 가하거나 쌓인 돌이나 돌탑을 훼손시키면 재앙을 받는다고 믿었다.

그래서 이곳을 지날 때는 경건한 마음을 가지고 지나며 돌 세 개를 얹고 세 번 절을 하고 침을 세 번 뱉는다. 그러면 재수가 좋고 소원이 이뤄진다고 했다. 나도 어린 시절 소원을 빌며 돌무더기에 돌을 얹고 기도를 하곤 했다.

성황당은 우리나라 전역에 걸쳐 잔재하고 있었으며 제각각 전설이 있고 소설이나 시의 소재나 배경으로 자주 나오기도 했다. 소설 「성황당」은 원시적인 토속신앙을 소재로 우리 민족 정서의 원초적인 모습을 잘 표현해 주고 있는 작품이다. 천마령 부근의 산골 마을에 있는 성황당을 배경으로 자연과 융합된 인간의 삶을 자연 친화 사상과 함께 전개되는 내용으로 가슴을 따뜻하게 해 주는 소설이다.

산속에서 숯 굽는 일을 하는 순수하고 순박한 '현보'와 그런 남편을 도우며 성황당을 의지하고 사는 순이의 건강하고 애틋한 사랑이야기를 한국적 감성으로 우리 민족의 정서를 아름답게 표현하고 있다. 성황당은 우리 민족의 애환을 지켜보며 달래주는 가장 친숙한 세계이며 삶을 지배해 온 정신적인 뿌리이기도 했다.

주인공 순이는 오직 성황당만이 절대적 힘을 발휘한다고 믿고 있다. 고무신을 사준 것도, 남편이 경찰서에서 집으로 돌아온 것도 모두 성황당의 도움이라고 굳게 믿고 있다. 순이를 유혹하는 모든 것을 거부할 수 있는 힘은 성황당이라는 초자연과 하나가 되어 있기에 가능하다. 숲과 나무는 순이와 현보의 삶의 근원이라고 볼 수 있으며 중요한 장면마다 자연물이나 자연현상이 묘한 조화를 이루어 독특한 분위기를 자아낸다.

서양인들이 자연을 지배하고 정복해 나갈 때 우리 민족은 자연과 어우러지면서 자연을 숭배하고 신으로 모시며 자연을 두려워하고 순응하는 삶을 이어왔다. 그래서 성황당에 가서 빌고, 바위 밑에 가서 빌고, 정화수 떠 놓고 천지신명께 손이 닳도록 빌었다. 성황당은 신비로운 샤머니즘의 세계와 어울려 자연과 인간이 하나가 된 세계관을 지니고 우리 민족에게 면면이 이어져 왔다. 인간은 누구나 미래에 대한 답을 모르고 살아간다. 그러기에 초자연에게, 절대자에게 빌고 또 비는 것이 아니겠는가.

성황당은 한민족의 숱한 사연과 애환이 서려 있는 신령스러운 곳이다. 인간의 힘으로는 감당하지 못하는 것들을 그곳에 가서 두 손 모아 빌며 하소연을 하였다. 아들을 점지해 달라고, 가족들 모두 편안하게 해달라고 정성껏 빌었다. 성황당은 우리 민족에게 초자연적이고 정령이 머무는 신령스럽기도 한 신의 모습이었다.

성황당에 정화수 한 사발 떠 놓고 두 손을 싹싹 빌며 소원을 빌던 할머니가 어제처럼 눈에 선하다.

산사山寺로 가는 길

그림 한 점을 들여다보며 갖가지 상상을 해 보고 있다.

가을 단풍이 고운 오솔길을 따라 스님 한 분이 산을 오르고 있다. 저 멀리에 사찰이 저녁노을 속에 희미하게 보인다. 달은 소나무 가지에 걸려 있고 붉은 노을이 온 세상을 곱게 물들이고 있어 눈이 부시다. 아프고 시린 추억이 그대로 묻어나 있는 완벽한 한 폭의 그림이다.

이 아름다운 산길을 걸으며 스님은 무슨 생각을 할까. 이루지 못한 꿈에 대한 애달픔, 아니면 실연에 대한 아픈 상처를 달래고 있을지도. 어쩌면 부처님처럼 생사의 괴로움에서 벗어나 중생을 구하기 위해서 속세의 번뇌를 끊어버리려는 아픔을 견디고 있는 것은 아닐까.

그림을 보면서 느끼는 것은 허허로움이었다. 붉은 노을이 허허롭고, 스님의 뒷모습이 허허롭고 좁은 길이 허허롭다. 그림의 여백이 허허롭고 끝없이 이어진 가느다란 외길이 허허롭다. 아무 것도 보이지 않는 사막보다 더 허허롭다.

노을 속으로 표표히 걸어가는 모습이 꼭 이승 같기도 하고 저승 같기도 한 몽롱한 그림이다. 작가의 깊은 속내를 알 수가 없다. 바랑 하나 걸머지고 붉게 타는 노을을 안고 두 팔을 휘이휘이 내저으며 걸어가는 모습에서 얽매이지 않는 자유로운 영혼을 만나게 된다. '구름에 달 가듯이 가는 나그네'를 연상시키는 그림이다. 승복을 걸친 스님의 모습도 뜬 구름처럼 떠돌며 사는 생이 아니던가. 괴나리 봇짐 하나 둘러메고 남도 삼 백리 길을 훌쩍 떠날 수 있었던 옛 선비들이 부럽다. 하지만 낭만 시대의 꿈일 뿐 아닌가.

사람은 누구나 무엇인가에 얽매이는 것을 피할 수 없는 존재가 아닐까. 먹고 입는 것에 얽매이고, 사상과 교육에 얽매이고, 종교와 제사에 얽매이고, 모든 관계에 얽매이면서 행복해하기도 하고 불행해하기도 하는 것이 인간이 아닌가.

신혼여행을 남해 보리암으로 갔다. 배낭을 짊어지고 기차와 버스를 번갈아 타고 금산에 자리 잡은 보리암을 향해 길을 재촉했다. 길은 좁고 가팔랐다. 숨이 턱에 차고 헉헉거리며 산을 올랐다. 보리암은 일주문도 사천왕문도 없다 가파르게 올라간 산허리 낭떠러지 위에 제비집같이 지은 작은 절이었다.

바닷속같이 고요한 암자에 스님 한 분이 우리를 맞았다. 파르라니 깎은 머리에 나이를 짐작할 수 없는 얼굴빛이 해맑은 스님이었다. 합장을 하는 스님을 따라 두 손을 모았다. 차 한 잔을 대접받고 참배를 한 후에 우리는 그곳을 떠났다. '인연이 되면 다시 만나게 되겠지요.' 하며 합장을 하는 편안한 그 모습에 가슴이 서늘했다.

달랑달랑 풍경 우는 소리가 영롱하고 맑게 들리는 고요한 사찰을 뒤에 두고 내려오는 길에 바다가 보였다. 등 뒤에 있는 산에는 땅거미가 지고 있으나 앞의 바다는 때마침 붉은 노을이 수평선에 물들고 있었다. 한겨울의 낙조는 윤기가 있고 싱그러웠다. 사위어 가는 햇살이 그려내는 뜻 모르게 현란하고 고운 한 폭의 그림이었다. 황홀한 빛의 덩어리는 살아서 꿈틀거리는 싱싱한 생명력으로 빛나고 있었다. 정월달의 찬바람이 매섭게 몰아쳤지만 고운 노을 덕에 추운 줄을 모르고 하산을 하였다.

어린 시절 우리 할머니는 새벽잠이 없으셨다. 할머니는 먼동이 트기도 전에 달콤한 잠에 빠진 나를 깨워서 절을 찾으셨다. 향을 피우고 염주를 돌리며 절을 하셨다. 무슨 염원이 있어서 새벽부터 부처님을 찾아 기원을 했는지 지금으로선 알 수가 없다.

인생은 나그네 길이라고 했다. 어디서 왔는지도 어디로 가는지도 알 수가 없다. 어떻게 살고 어떻게 죽어야 할 것인가에 대한 질문이 사라져가는 이 혼탁한 시대에 암자는 그 대답을 들려주는 장소가 되지 않을까.

신의 선택

화두였다. 과연 알라신은 저 가여운 여인을 구원할 수 있을까!
「욜」이라는 영화를 보면서 생각한 것이었다.

지금도 새하얀 눈이 산과 들을 뒤덮인 장면을 볼 때마다 「욜」이
라는 영화를 떠올린다. 인생행로를 뜻하는 제목인 「욜」은 수감된 죄
수들이 일주일 동안 가출옥 허가를 받고 귀향길에 오른 다섯 남자
의 이야기를 옴니버스 형식으로 구성하여 그들의 인생행로를 각각
독립된 내용으로 처리하고 있는 영화다. 다섯 명의 죄수들의 인생을
통해 터키라는 나라의 오래된 전통과 비이성적인 종교와 국가의 폭
력이 적나라하게 드러나고 있다. 한마디로 그들의 삶은 절망적이었
다.

이 영화에서 가장 충격적인 내용은 '세이트'와 그의 아내의 이야
기이다. 부정한 행위를 저질러 집안의 명예를 더럽혔다고 해서 친정
으로 쫓겨 간 후 신의 벌을 받아 죽어가는 아내를 통해 터키 사회와
민중의 삶의 모습을 적나라하게 보여주는 가슴 시린 내용이다.

가출혹한 '세이트'가 처가에 도착하니 아내는 여덟 달 동안 쇠사

슬에 묶인 채 염소 우리 속에서 빵과 물만 먹고 씻지도 못하면서 동물처럼 목숨을 이어가고 있었다. '세이트'는 아내를 사랑하지만 연민과 증오, 사회적 관습과 개인적인 분노 사이에서 괴로워한다. 처와 아들을 데려가겠다는 '세이트'에게 장인은 그녀가 가족에게 안겨준 수치스런 일을 잊지 말라고 말한다. 아내는 죗값을 치르겠다며 다른 사람에게 처벌을 맡기지 말아 달라고 남편에게 간절하게 부탁한다.

'세이트'는 그런 아내에게 자신은 절대 처벌하지 않겠지만 대신 알라신이 벌하실 것이라고 냉정하게 말한다. '세이트'의 아내는 오랜만에 목욕을 하고 달이 뜨자 남편을 따라나선다. 하얀 눈과 달과 별이 조화를 이룬 신비로운 겨울 풍경이었다.

부정을 저지른 아내를 벌하기 위하여 '세이트'는 아들과 함께 눈보라가 몰아치고 칼바람 부는 눈 쌓인 산을 넘어간다. 아내는 매서운 바람소리만 들리고 발이 푹푹 빠지는 눈 속을 허우적거리며 앞서가는 '세이트'와 아들을 따라간다. 가도 가도 끝이 없는 아스라한 눈길, 보호장구 하나 없이 오직 맨몸으로 겪는 죽음의 길이었다. 탈진한 아내는 신에게 간절한 기도를 한다. 자신에게 힘을 달라고. 아내는 얼어 죽어 뼈만 앙상하게 남은 죽은 말의 시체 곁을 지나며 죽음을 예견한다. 그녀는 남편을 향해 절규한다. '제발 버리지 말아 달라.'고. 그런 그녀를 보고 아들이 '세이트'에게 항의를 한다. 번뇌로 갈등을 겪던 그는 되돌아가 싸늘하게 죽어가는 아내를 업는다. 남편의 등에 업힌 아내는 살려 달라고 애원하면서 남편에게 상처를 준 자신의 용서를 빈다. 그러나 운명의 신은 끝내 그녀를 죽음으로 몰아넣고 만다. 남편은 자신은 아내를 벌하지 않았다고, 결국 그녀를 벌한 것은 눈길이고 신이 벌한 것이라고 차갑게 말한다. 달빛에 물들어 푸르스름한 눈길과 그 속에서 얼어 죽어가던 여인의 모습이 생생하다. 또한 비인간적인 그 체제에 순종하는 여인들의 모습이 생각할수록 안타깝고 또 서러웠다.

사랑하는 사람을 찾아 눈 속을 헤쳐 나가는 「닥터 지바고」에서의 눈길은 낭만적이라고 생각했는데 「욜」에서의 눈길은 죽음의 길이었고, 예수가 걸은 고난의 길이었다.

대부분의 이슬람 국가에서 여자의 부정은 극형에 처한다고 한다. 살아남기 어렵다. 같이 부정을 저질러도 남성에게는 아무런 책임이 없으니 그 또한 기막힌 노릇이다. 남성우월주의 제도에 따른 비극의 극치를 보여준다. 지금도 명예살인이라는 것이 존재하는 곳이 이슬람국가들이다. 신의 자비를 간절히 구원했지만 신은 불쌍하고 약한 여인을 구하지 않았다.

여인들에게 자존감이 없게끔 만드는 시스템을 가지고 있는 종교가 이슬람교인 것 같다. 전통이라는 미명아래 머리끝에서 발끝까지 부르카를 뒤집어쓰고 살아가야 하는 여인들의 모습이 나에게는 공포감으로 다가오지 아름다워 보이지 않는다. 또한 여인들에게 행해지는 할례라는 무시무시한 악습으로 평생을 고통 속에 살아가야 하는 모습 또한 이해할 수 없는 일이다.

그 옛날 우리나라 조선에서도 있던 일이 아닌가. 남편이 죽으면 그 아내는 그 집안의 명예를 위하여 정신적이든 육체적이든 어떤 형태로든 죽어야 했다. 열녀문이니 정문이니 하는 것이 그 증거물이 아닌가. 아름다운 풍습이라고 권장했지만 잔인하고 무자비한 강요된 비극이었다. 가부장제 속에서 숨죽여 울며 조선시대를 살아갔던 여인들의 모습이 「욜」이라는 영화와 오버랩 된다.

신의 자비를 구하기 전에 내 스스로가 나를 구해야 한다. '하늘은 스스로 돕는 자를 돕는다'고 하지 않던가. 자기 스스로가 자기 자신을 존중하지 않는다면 그 누구도 나를 대접해 주지 않는다. 수동적인 삶은 자신을 비참하게 만드는 어리석은 일일 뿐이다. 세상에서 가장 소중한 것은 자기 자신을 사랑하는 것이라고 믿는다.

새하얀 눈이 덮인 순백의 산야가 아름답기 그지없다. 수묵화를 보는 듯한 느낌이다. 신의 선물처럼 고마운 풍경이기도 하다. 해마다 겨울이 되면 나는 영화 「욜」을 생각하며 세상에서 학대받는 여인들을 생각하곤 비감에 젖곤 한다.

철새는 날아가고

며칠 전 텔레비전에서 '페루로 떠나요'라는 문학기행을 시청하였다. '엘콘도르 파사 - 자유를 향한 잉카의 노래'편이었다. '철새는 날아가고'라고 번역된 이 노래는 1970년대 전 세계에서 가장 사랑받은 음악 중의 하나로 알려져 있다. 콘도르는 그 옛날 잉카인들이 신처럼 숭배했던 새다. 여행가는 콘도르가 자주 출몰한다는 페루의 '콜카 계곡'을 찾아간다.

노래에 대해 백치인 나도 이 노래는 정말 좋아한다. 투명하고 청아한 이 노래를 듣다 보면 내 영혼이 내 몸에서 나와 푸른 창공을 훨훨 나는 것 같은 묘한 느낌을 갖게 된다. 그만큼 맑고 아름답고 깊은 감명을 주어 내 가슴을 뛰게 하는 노래이다.

세상에 대한 분노로 가득 차고 암울했던 대학 시절 이 노래에 심취해서 살았다. 듣고 또 듣고 하노라면 분노도 옅어지고 내 영혼도 맑아지고 자유로워지는 것 같아 위로를 많이 받았다.

이 노래는 페루에서 200년 동안 폭압적인 정치를 한 스페인의 식민지배에 분노하여 일어났던 농민 반란을 그 배경으로 하고 있다.

농민 반란의 주도자인 '콘도르칸키'는 스페인군에 의해 체포되어 처형을 당하지만 그는 라틴아메리카의 해방을 상징하는 존재가 된다. 사람이 죽으면 그 영혼이 콘도르가 된다는 그들의 전설처럼 그도 죽어서 콘도르가 되었다고 잉카인의 후예들은 굳게 믿고 있다. 잉카인들은 하늘을 마음대로 날아다니는 콘도르처럼 자신들의 꿈이 이루어지기를 간절히 기원하고 있다. 이 노래는 잉카인들의 자유를 향한 처절한 외침인 것이다. 본래는 가사가 없었는데 잉카의 후예들이 자신들의 말을 붙인 것으로 추정되고 있다. 노래의 가사도 가슴을 울리지만 그 곡이 애간장을 녹인다. 스페인의 폭정을 견디지 못한 잉카인들은 조상대대로 살아온 마추픽추를 떠날 수밖에 없었다. 땅을 빼앗긴 잉카인들의 한과, 억압과 구속에서 벗어나 자유롭기를 갈망하는 그들의 염원을 담은 애절한 노래가 가슴을 울먹하게 한다. 들으면 들을수록 청아하고 가냘픈 곡조가 애간장을 살살 녹이며 심산유곡 무아지경 속으로 빠져들게 하는 마성이 있는 노래다. 노래도 중독성이 있다는 것을 이 노래를 통해 알게 되었다. 들으면 들을수록 누군가를 붙들고 울고 싶은 느낌을 갖게 되는 노래다.

포악한 스페인 정복자들이 안데스의 땅과 자유는 빼앗아 갔지만 영혼의 소리인 그들의 음악만은 빼앗아 가지 못했다. '펜은 총보다 강하다.'는 말이 실감난다. 이 노래는 우리 민족의 '아리랑'을 연상케 한다.

세계에서 가장 아름다운 곡으로 선정된 아리랑 역시 우리 민족의 정서를 가장 잘 나타내어 사람의 영혼을 사로잡는 노래로 자리매김

하고 있지 않은가.

 언제부터 누가 불렀는지는 정확하게 알려지지 않았지만, 우리 민족이라면 어느 곳에 살든 이 노래를 부르며 한민족의 동질성을 느낀다. 애국가와 맞먹는 우리 민족을 상징하는 멋과 얼이 담겨 있는 노래다. 애국가는 잘 알지 못해도 '아리랑'은 한민족이라면 누구나 기쁠 때나 슬플 때를 막론하고 즐겨 부른다. 외국에 나갔을 때 이 노래를 듣고 코끝이 알싸해지고 가슴이 먹먹했던 기억이 생생하다.

 어두운 시대를 살아가야 했던 우리 민족에게 이 노래는 꿈과 희망을 지니고 입에서 입으로 가슴에서 가슴으로 전해져 명곡이 되었으며 지역마다 새로운 아리랑이 발생하였다. 평화를 구가하며 살고 싶은 백성들이 오랜 세월 쌓이고 쌓인 한의 슬픔을 나타낸 서정시가 이 노래다. 그리고 그 한을 풀어낸 작품이 영화 '아리랑'으로 구체화되었다.

 영화 '아리랑'은 암담한 시대, 우리 민족의 애환을 예술로 승화시킨 수작으로 알려져 있다. 영화의 끝부분에서 주인공이 일본 경찰에게 끌려가며 아리랑이 울려 퍼질 때 한국 사람이라면 누구나 가슴이 뭉클해지고 손수건을 적시지 않을 수 없었을 것이다. 한반도가 일제의 무력에 의해 식민지가 되고서 10여 년, '아리랑'은 이런 역사적, 사회적 배경 아래에서 제작되어 이 땅에 살고 있는 백성들에게 충격을 주었다. 식민지 치하에서 숨죽이며 살던 당시에는 상상도 할 수 없는 항일정신을 적나라하게 드러냈기 때문이다.

예술가는 그 시대를 가장 먼저 가슴으로 느낀다고 한다. 아픈 시대에는 아픔을 노래하고 행복한 시대에는 행복을 노래한다. 잉카인에게 '철새는 날아가고'가 있고 우리에게 '아리랑'이 있듯이 어느 민족에게나 그 민족의 영혼을 절절하게 노래한 시가 있게 마련이다.

조상 대대로 이어온 땅을 강대국에게 빼앗긴 잉카인들은 대부분 척박한 환경에서 자신들만의 방식인 자연과 하나 되는 방법으로 살아가고 있다. 남미 대다수의 국가에서 원주민인 잉카 후예들의 고단한 삶 속에는 때 묻지 않은 그들만의 순수하고 깨끗한 영혼이 그대로 보여 경이롭다는 느낌이 들기도 한다.

'철새는 날아가고'의 노래를 다시 듣는다. 이 노래에 등장하는 '케나(잉카의 피리)'의 애절한 소리가 심금을 울리며 가슴을 저미게 한다. 이 노래를 듣고 있으면 잉카인들의 전설처럼 안데스의 높고 푸른 하늘을 나는 콘도르가 눈에 선하다.

"안데스의 하늘을 마음대로 날아다니는 콘도르야

나를 안데스로 데려다주렴, 콘도르야."

절망적 아름다움의 노래. 희망의 노래. 그 노래 위에 우리의 애달픈 '아리랑'도 함께 들려온다.

미리 쓰는 유언장

아들에게

언젠가 올 나의 죽음에 대해 미리 유언장을 쓴다.

너와 영원한 이별을 하려니 생각이 참 많구나. 네가 나에게 온 날 우리 가족 모두는 참으로 행복했다. 어디서 이렇게 예쁜 녀석이 왔는지 신비스럽기만 하고 세상에 부러울 것이 하나도 없었단다.

옹알이하고, 뒤집고, 기어 다니고, 걸어 다니고, 말을 하고…. 하루가 다르게 변화하는 네 모습은 신기하기만 하였다.

네가 다섯 살 때였다. 내가 갑상선암 수술로 병원에 있을 때 네가 한 말은 지금도 가슴에 생생하게 남아 있다.

"엄마 아프지 마. 내가 얼른 커서 의사가 되어 엄마 병 고쳐 줄게." 하며 훌쩍거리던 모습은 아직도 귀에 쟁쟁하다. 그때 나는 너를 두고 절대로 죽을 수 없다며 하느님께 간절한 기도를 하기도 했다. 신앙심도 없으면서.

결혼 30주년 기념으로 엄마 아빠 동남아 여행 보내 준 것 정말로 고마웠다. 얼마 되지 않는 월급을 저축하여 우리에게 준 선물은 이 세상 무엇보다 값진 것이었다. 바쁜 휴가 내어 우리와 함께해 준 여행은 영원히 잊지 못할 것이다.

네가 엄마의 아들로 태어나서 정말 행복했다. 너를 낳고 기르면서 네가 나에게 해 준 선물은 이루 헤아릴 수 없이 많은데 나는 너에게 해 준 것이 없어 정말 미안하다. 직장 다닌다는 핑계로 엄마 노릇 제대로 못한 것이 두고두고 마음이 아프다. 새벽같이 나가서 저녁 늦게 귀가하고, 집안일 돌보느라 너를 제대로 챙겨 주지 못했다. 그래도 너는 아무 불평 하지 않고, 네가 해야 할 일을 알아서 잘하고, 단 한 번도 부모의 뜻을 거스르지 않고 착하게 자라 주어 자랑스럽게 생각한다.

너를 아는 모든 사람들은 너를 '남을 배려할 줄 아는 따뜻한 사람'이라고 기억하고 있다. 너는 자신의 성격 때문에 손해 많이 보고 산다고 했는데, 조금씩 손해 보고 사는 게 잘 사는 것이라고 생각한다. 뿌린 만큼 되돌아온다고 하니, 남에게 사랑을 베풀 줄 아는 근사한 사람이 되어 다오.

세상은 억지로 되는 것이 아니란다. 순리대로 살아가길 바란다. 무엇보다도 돈에 너무 집착하지 않길 바란다. 필요 이상 재물을 탐하다 보면 반드시 화근이 될 수도 있다는 것을 명심해 주기 바란다.

이 세상에 온 모든 인간은 누구나 다 이 세상을 떠난다. 죽음이란 삶의 또 다른 형태이며 인생의 완성이라고 누군가가 말했다. 인간의 죽음은 왔던 곳으로 돌아가는 것이라 하였으니 슬퍼하거나 서러워

할 것도 없다.

　내가 병들어 내 힘으로 살아갈 수 없이 누군가에게 의존해야만 될 경우 네가 힘들어하지 말고 노인병원이나 요양기관에 입원시키도록 해라. 나의 연금이면 충분할 것이다. 그리고 절대로 산소호흡기 같은 것을 장착하여 무의미한 삶을 연장시키지 않도록 해라. 질병으로 고통스러워하거든 고통 없이 죽을 수 있는 방법을 찾도록 해라. 편안하게 임종을 맞는 것도 인간의 마지막 존엄성이라 생각한다. 내가 언제 떠날지 모르지만 이 즐거운 소풍 끝나는 날 추한 모습 남기지 않도록 부탁한다. 이 세상에 나올 때는 내 뜻대로 하지 못하였으나 저 세상으로 떠날 때는 내 뜻대로 할 수 있어야 하지 않겠느냐. 정말 아름다운 작별, 아름다운 죽음을 맞이하고 싶다. 저녁노을처럼 아름답고 평화롭게 떠나고 싶다.

　쓸 수 있는 장기는 모두 기증하고 시신은 화장을 하여 네가 부담 없이 자주 갈 수 있는 곳에 뿌려 다오. 이왕이면 새소리 아름답고 물소리 청아한 곳이면 더욱 좋겠구나.

　장례는 간소하게 가족들에게만 알리고 절대로 부의금을 받지 않도록 해라.

　기일에 제사는 지내지 말고 가까운 친척들과 모여 식사 정도 하는 것으로 끝내도록 해라. 산 사람이 죽은 사람 때문에 힘들어하는 일은 절대 없으면 좋겠다.

　아빠는 내가 죽으면 산속에 들어가 암자 하나 지어 놓고 도 닦으

며 산다고 했는데, 산으로 가든 무엇을 하든 아빠의 여생 뜻대로 살
수 있도록 네가 적극 도와드리거라.

사랑하는 나의 아들아!

큰 짐을 너에게 안겨 주고 가게 되어 정말 미안하다.

나의 아들로 살아오면서 나의 말과 행동이 너에게 상처를 준 적이
있다면 용서하길 바란다. 잘 있거라, 사랑하는 아들아.

2016. 6.20

엄마 씀

호랑이 할머니

　새내기 직장 생활을 할 때 나는 독거노인의 집에서 자취를 하였다. 아들딸 모두 장성하여 도시로 나가고 할머니 혼자 고향집을 지키고 계셨다.

　할머니는 키가 크고 목소리 또한 컸다. 그래서인지 마을 사람들은 호랑이 할머니라고 불렀다. 연세가 많음에도 불구하고 이 마을 저 마을 돌아다니며 행상을 하셨다. 행상을 하시며 전도까지 하셨다. 그리고 일요일이면 집 바로 앞에 있는 교회에 나가 열심히 기도를 하셨다. 직책은 집사였다. 젊은 시절 홀로 되어 자식들 키우느라 억척스럽게 살아온 세월이 나약한 여인을 억세고 강하게 만든 것 같았다.

　나는 퇴근 후 툇마루에 앉아 퉁퉁 부어 오른 다리를 대야에 담그고 철철 운 일이 몇 번 있었다. 하루 종일 서서 수업을 하다 보니 다리가 붓고 저리고 아팠다. 그때마다 할머니는 '우리 선생님 가여워서 어떡하나.' 하시며 애처로워하셨다. 호랑이 할머니라는 말은 거짓말인 것처럼 인자하신 분이었다.

　혼자 사시느라 외로우셨는지 나를 친딸처럼 끔찍이 챙겨 주셨다.

내가 아프기라도 하면 보건소까지 한달음에 달려가 약을 사다 주시
곤 하셨다.

시골집은 울도 담도 없는 한적한 농가였다. 밤이 되면 깜깜하였다.
빛이라고는 띄엄띄엄 있는 집에서 흘러나오는 희미한 불빛 뿐이었다.
목욕탕도 없고 울도 담도 없는 마당에서 세수를 하고 목욕을 하여야
만 하였다. 길 가는 사람이 볼까 봐 걱정이 이만저만이 아니었다.

할머니는 큰 단지에 물을 가득 채워 햇볕이 잘 드는 곳에 두어 물
을 데워서 내가 퇴근 후에 씻도록 해 주셨다. 물은 알맞게 따뜻하였
다. 객지에서 외롭고 힘들게 직장 생활을 하는 동안 나는 할머니 덕
분에 편안한 생활을 할 수 있었다.

이 할머니는 연세가 많으신 분인데도 봉사활동을 하셨다. 같은 마
을에 눈이 어두운 팔순 노인이 혼자 살고 있었다. 그 할머니를 매일
들여다보시며 알뜰히 챙기셨다. 밥도 해 주시고 빨래도 해 주시고
목욕도 시키셨다.

할머니의 말에 의하면 혼자 사는 팔순 할머니는 진짜 조선 여인이
었다. 아홉 살에 부모들이 정혼을 하였단다. 그런데 그 남자 아이가
어린 나이에 죽고 말았다. 주위 사람들이 중매를 하였지만 그의 부모
와 자신은 상놈이나 하는 짓이라며 호통을 쳐서 돌려보냈다는 것이
다. 그래서 지금까지 정절을 지켜 혼자 살고 있다고 하시며 참 훌륭
한 할머니라고 하셨다. 세상을 몰라도 어쩜 그렇게 모를 수가 있는
지. 옛날 같으면 열녀문이라도 세워 주었겠지만 지금은 누가 알아주

기나 하겠는가. 그 이야기를 듣고 숨이 탁 막히는 답답함을 느꼈다. 할머니는 그 할머니가 불쌍하다며 그분을 위해 긴 기도를 하셨다.

그 옛날 조선의 여인들은 정절만이 미덕이며 순종만이 여성이 사는 길이라며 자기긍정, 자기주장보다 자기부정, 자기억제의 삶을 살아왔다. 강요받은 삶을 의식도 없이 받아들여 사막의 낙타처럼 묵묵히 순종의 길만 걸어온 것이다. 『조선 여인 잔혹사』라는 글을 읽으며 그 옛날 여인들의 삶을 다시 생각해 보았다. 비인간적이고 비이성적인 제도의 노예가 되어 희생을 강요받고 그것이 여성의 미덕이라고 생각하며 살아온 그들을 보며, 이것이 과연 인간적인가라는 의혹을 품은 적이 있었다. 정말 오랜 세월 예속과 굴종과 억압 속에서 인권도 없고 인격도 없는 불행한 삶을 살아왔다. 불평등한 남존여비 사상에 얽매여 인간답게 살지 못한 것이다. 불합리한 제도과 인습의 희생양이 되어 평생을 고독하고 외롭게 살다간 여인들이 얼마나 많았던가. 호랑이 할머니도, 조선 여인의 삶을 산 할머니도 모두 고단한 삶을 살긴 마찬가지였다고 생각된다. 옛 풍습에서는 여인네들의 고단함과 희생이 고스란히 드러나 있는 것들이 많은 것 같다.

할머니와 1년 반을 같이 보내다가 나는 다른 곳으로 전근을 가게 되었다. 할머니는 눈물을 흘리시며 아쉬워하셨지만 나는 이 답답한 곳을 벗어난다는 기쁨에 미련 없이 그곳을 떠났다.

다른 학교로 부임하며 바쁜 시간을 보내게 되었다. 할머니를 다시 찾아뵙겠다는 약속도 잊을 정도로 정신없이 살았다. 3년 후 할머니

댁을 방문하였지만 집은 예전의 집이 아니었다. 창문은 찢겨져 있고 방문은 떨어진 채 완전히 흉가가 되어 있었다. 이웃집에 알아보니 1년 전에 할머니가 병이 나서 자식들이 서울로 데려갔는데 계속 앓으시다가 얼마 전에 돌아가셨다는 안타까운 소식이었다.

뭔가 잡고 있던 끈이 뚝 끊어진 느낌이었다. 20대 중반 나는 정말 너무 철이 없었다. 아니 배은망덕한 인간이었다. 어떻게 그렇게 무심하였는지 지금은 후회가 이만저만이 아니다. 고마웠다는 인사도 제대로 못했는데 그렇게 떠나시다니 좀 더 일찍 찾아뵙지 못한 것이 아쉽기만 하였다. 갚을 길 없는 은혜라서 내 가슴은 더 아려왔다. 사람은 때를 놓치면 후회하기 마련인 것을 너무 늦게 알았다. 살아 있을 때 그리고 가까이 있을 때 내 주변인들에게 최선을 다하리라 다짐해 본다.

덕분에 삽니다

우리나라의 인사말 중에 '덕분에 잘 지냅니다.'라는 말이 있다.

이 말처럼 입에 발린 찬사의 말이 또 있을까 하는 생각을 했던 적이 있었다. 젊어 한때 이런 말을 하는 사람을 보면 '진심이 없는 말을 잘도 하는 사람이구나.' 하고 치부했다.

조상 덕에 잘 산다느니 부모덕에 공부를 할 수 있다느니 하는 말을 들을 때마다 내 의지와 상관없이 주어진 환경에 항상 불만투성이였던 내게 그런 말은 진심이 없는 공허한 말이라고 지레짐작을 하였다. 누구의 덕분이라니 내가 이만큼 버티고 있는 것은 오직 온전히 나의 노력 때문이라고 생각하면서 감사할 줄 모르고 오만과 편견에 사로잡혀 세상이 잘 보이지 않았다. 내 단점도 보이지 않고 아니 감추려고 안간힘을 쓰며 이기적으로 살았다.

그런데 어느 순간부터인가 내가 이 세상에 살고 있는 것은 누군가의 덕분이라는 것을 깨닫게 되었다. 힘들게 농사짓는 농부가 없었다면 내가 어떻게 먹고 살 수 있을까. 공장에서 밤낮을 가리지 않고 수고하는 사람이 없다면 어떻게 따뜻한 옷을 입고 살 것인가. 의사가 없었다면 난 이미 오래전에 저세상 사람이 되었을 몸이다. 환경 미화원이 단 하루만 쓰레기를 치우지 않으면 오물로 가득 찬 지옥에서 전쟁을 치를 수밖에 없다. 그들 모두는 나의 도움을 받지 않아도 얼마든지 잘 살 수 있지만 나는 그들이 없으면 단 하루도 살 수 없는 존재다. 나는 세상에 빚을 지고 사는 빚쟁이라는 사실을 나이 들어 알게 되었다.

나이가 들어 가면서 몰랐던 세상이 눈에 들어오고, 보이지 않던 것들이 보이기 시작했다. 그러면서 나 아닌 다른 누군가의 덕분에 이 세상을 편하게 살고 있는 것에 감사를 하게 되었다. 의 식 주 생활 어느 것 하나 남의 도움 없이는 살 수 없는 게 오직 사람인 것 같다. 그러면서 세상 모든 것들에 대해 겸손해야겠다, 감사해야겠다고 다짐을 하게 되었다.

오래전에 외국 여행을 하면서 조상들 덕분에 잘사는 나라를 부러워한 적이 있었다. 프랑스의 루브르 박물관을 둘러보며 수천만 명의 관광객이 찾아오는 것을 보고 부러워할 수밖에 없었다. 이집트처럼 조상 덕을 많이 보는 나라가 또 있을까 하는 생각을 하기도 했다. 거대한 피라미드, 스핑크스, 신전 등 조상들이 만들어 놓은 문화재를 보기 위해 얼마나 많은 사람들이 찾아오는가. 그 관광 수입은 천문학적이라 하니 놀랄 수밖에 없었다. 그러면서 무능한 조상을 둔 덕에 가난하고 못사는 나라에서 고생하며 살고 있다는 것에 불만을 품었다. 그때만 해도 우리는 가난을 벗어나지 못했으니까. 아마도 나는 사대주의 사상에 빠져 있었던 것 같다.

얼마 전 러시아를 여행하며 그 나라 땅에 태어나지 않은 것을 기막힌 행운이라 생각했다. 1년 대부분의 날들을 추위와 싸우며 살아가야 하는 그들이 측은해 보이기도 하고, 먹고 사는 살림살이도 우리와는 비교할 수 없을 정도로 초라해 보였다. 우리나라의 아름다운 자연경관과 기후조건을 생각하며 이 땅과 조상들에 대해 끊임없는 찬사를 쏟아내며 고마워했다.

『죄와 벌』에서 주인공 '라스니꼴리프'가 혐오한 노파의 모습이 생각이 나서 나 자신을 돌아보게 된다. 전당포 주인 노파는 과연 사회 정의에 맞는 어른이었는지. 100세 시대라고들 하는데 그 긴 세월 동안 이 사회에 도움이 되는 삶을 살아가야 할 텐데 몸은 마음처럼 따라주지 않아 갈등을 겪게 된다. 나이가 든다는 것은 빚진 사람이 많아지는 것이 아닌가 싶다.

아무리 훌륭한 인간이 되려고 애써도 인간은 살아 있는 한 많든 적든 이 지구를 오염시키며 다른 생명을 위협하여 다른 사람이 가져야 할 마땅한 것을 빼앗으며 살아가고 있다. 수없이 많은 동물들이 나의 건강을 위해 희생하고 있다. 그들에게 감사하며 살아야겠다는 생각이 든다.

그렇다면 나는 누군가에게 '당신 덕분에 삽니다. 당신 덕분에 행복합니다.'라는 말을 들을 자격이 있는 사람인지 생각해 보게 된다. 부끄럽지만 함량 미달이다. 사람은 채권자가 아니라 채무자로서 사람들에게는 물론이고 자연에게도 갚아야 할 빚이 계산할 수 없을 정도로 많은 존재라고 한다. 사람은 누구나 자신만의 짐을 지고 살아가지만 다른 사람의 도움을 받지 않고는 단 한시도 살아갈 수가 없는 것이다. 맑은 공기와 따사로운 햇살 덕분에 살면서 감사하고 있는지. 우리는 너무 많은 것을 누리면서 감사하기는커녕 불평과 불만으로 하루하루를 보내고 있지는 않은지. 삶에 정도는 없다고 하지만 베풀면서 사는 것이 정답이지 싶다. 오래 살다 보니 세상이 보이기 시작하고 어떤 삶을 살아가야 하는지도 터득하게 되었다.

수없이 많은 사람들의 덕분으로 이순의 강을 건넜고, 오늘 하루도 많은 사람들의 도움을 받으며 행복하게 잘 살고 있다. 세상 모든 사람들 덕분에 오늘도 행복하게 살았으니 나도 누군가에게 도움이 되는 삶을 살아야겠다고 다짐해 본다.

행복론

당신은 행복하십니까!

불행하게도 우리나라의 행복지수는 매우 낮다고 한다. 역사 이래 가장 잘 살면서도 행복해하지 않는 이유는 무엇일까. 욕심이 많아져서일까? 아니면 상대적 박탈감 때문일까?

'푸랑수아 를로르'의 소설 『꾸뻬씨의 행복여행』은 그 해답이 될 것 같다. 정신과 의사 '꾸뻬씨'는 무엇이 사람들을 행복하게 하고 불행하게 하는가를 찾기 위해 세계 여행을 떠난다. 불행하다는 생각에 고통받는 사람들을 진료하면서 그들을 돕기 위한 해결책을 찾으려는 것이다. 아무리 보아도 불행하지 않은데 불행하다며 마음의 병을 앓는 사람들을 행복으로 이끌 수 있는 길을 찾기 위한, 또 자신을 위한 여행이었다.

'꾸뻬씨'는 세상을 여행하면서 수많은 사람들을 만나고 행복이 무엇인가를 찾는다. 이상한 점은 잘살지 못하는 가난한 나라의 사람들이 자신이 행복하다고 말하는 것을 보고 놀라게 된다. 결국 행복은 상대적인 것도 아니고 주어진 조건도 아니고 자기 안에 있다는 것을 깨달은 그는 오랜 여행에서 돌아와 환자들을 치료하여 그들을 행복의 세계로 이끈다. 행복은 얼마나 많이 가지고 있느냐가 아니라 필요하지 않은 것에서 얼마나 자유로운가에 달려 있다는 것이다.

학교와 집을 오가면서 학교일 집안일 모든 것을 잘하기 위해 최선을 다했다. 매일매일이 전쟁 같았다. 파김치가 되어 지쳐갔다. 피하지 못하면 즐기라고 했는데 피하지도 못하고 즐기지도 못했다. 모든 병은 마음의 고통과 함께 온다는 말처럼 나를 병들게 하였다. 그러다 보니 몸은 쉬어도 마음은 늘 바쁘고 아팠다. 나에게 주어진 모든 것들이 나를 힘들게 하였다.

젊었을 때는 성공하는 것만이 인생 최고의 행복인 줄 알고 집착했다. 그러나 성공은 어디에도 없었다. 그러니 행복과는 거리가 먼 생활이 지속되었다. 돌이켜 보면 순간순간이 행복이었는데 그것을 알지 못했다. 정작 행복은 그 순간에는 깨닫지 못하고 지난 다음에야 깨닫게 되는 것인가 보다. 그래서 행복은 늘 놓쳐 버린 기차인 양 아쉽기만 한 것이 아닌가.

지난 세월 동안 행복이라는 감정을 제대로 느껴 보지 못하고 살았다. 내가 가지지 못한 것들에 욕심을 내며 안달하고 괴로워한 적도 많았다. 희망이라고는 보이지 않던 유신의 그늘을 지나면서 세상을 향해 울부짖으며 고통스러워하기도 했다. 내가 만든 지옥에서 고통스럽게 산 것이다.

그 무모한 청춘이, 그 주체할 수 없었던 방황이 행복이었음을 모르다가 나이 들어서야 알게 되었다. 눈이 있어 파란 하늘과 싱그러운 초록을 볼 수 있고, 귀가 있어 사랑하는 사람들의 소리를 들을 수 있다는 것도 신의 축복이 아닐 수 없다. 달빛과 별빛이 쏟아지는 황홀한 밤과 눈이 휘날리는 날도 소나기 쏟아지는 날에도 감사를 한다. 행복은 작은 것, 사소한 것에서 얻는 것이라는 것을 늦게야 깨달았다. 친구의 따뜻한 말 한마디, 한 잔의 커피, 꽃 한 송이에도 소소한 행복들이 있다는 것을.

찌루찌루와 미찌루가 파랑새를 찾아 헤매다가 집에 돌아와 보니 파랑새는 자기 집 처마 끝에 있었다. 행복은 멀리 있는 것이 아니고 아주 가까이 그리고 현재에 있으며 지금 내가 가지고 있는 것들이다. 행복은 그것을 선택하는 사람에게 찾아간다고 누군가가 말했다. '반디이크'는 '밀레'의 「만종」을 보고 사랑과 노동과 신앙을 그린 인생의 성화라고 했는데, 나는 「만종」에서 행복을 보고 행복은 저런 것이 아닌가 하는 생각을 한다.

천당도 지옥도 내가 만드는 것이다. 사람들이 서로 사랑하고 살아간다면 천당이 되고, 서로 미워하고 싸우면서 살아간다면 그곳이 곧 지옥이 된다. 어떤 삶을 사는가 하는 것은 본인의 몫이 아닌가. 행복이란 감사의 문으로 들어오고 불평의 문으로 나간다고 하며 행복을 원하거든 감사할 줄 아는 마음을 가지면 된다고 한다.

20kg이 넘는 배낭을 메고 여행을 할 때 어떤 어른이 혀를 끌끌 차며 제 부모가 시키면 난리가 날 거라며 은근히 나무랐다. 그래도 우

리는 그것이 즐거웠다. 2kg 가까이 되는 카메라를 들고 하루 종일 산과 들을 쏘다녀도 피곤하지 않고 즐거웠다. 내가 하고자 하는 일을 하면 사람은 행복을 느끼게 된다. 자신이 하고 싶은 일을 하고 평생을 사는 사람이야말로 누구보다 행복한 사람이라고 생각한다. 가장 행복할 때는 어떤 일에 몰두하고 있을 때인 것 같다.

이 세상에서 가장 바쁜 파리의 경찰서장이 가장 행복하다는 알랭의 '행복론'은 곱씹어 보아야 할 말 같다. '바쁜 꿀벌은 슬퍼할 겨를이 없다.'고 하지 않는가.

자신에게 주어진 현실을 어떻게 해석하느냐에 따라 각자의 삶은 확연하게 달라진다. 삶을 행복한 것이라고 보는 사람들은 행복하고 불행한 것이라고 보는 사람은 불행해진다. 삶을 어떻게 보느냐, 어떤 삶을 선택할 것이냐 하는 문제는 개인 각자에 달려 있는 것이라고 본다. 또한 행복의 가치는 사랑을 받는 것보다 주는 데서 찾고 있다. 도움을 요청하는 사람에게 도움을 주었을 때 더 큰 행복을 느낀다. 오늘 하루를 바쁘게 지내고 잠자리에 드는 안락한 이 시간이 정말 행복하고 달콤하다.

세월이 가져다 준 선물

김동분 수필집

초판 인쇄 2018년 6월 21일
초판 발행 2018년 6월 29일

지은이 김동분
펴낸이 朴明淳
펴낸곳 문학시티

주 소 04558 서울시 중구 창경궁로1길 29 (3F)
전 화 02-2272-2549
이메일 munhakmedia@hanmail.net
공급처 정은출판(02-2272-9280)
ISBN 978-89-91733-57-2 (03810)

값 12,000원

＊ 이 책은 충청북도와 충북문화재단의 후원으로 발간되었습니다.